KB007917

날씨가 참 좋아

날씨가 참 좋아

초판 1쇄 발행 | 2023년 2월 20일

지은이 이은소
발행인 한명선

주소 서울시 종로구 평창길 329(우편번호 03003)
문의전화 02-394-1037(편집) 02-394-1047(마케팅)
팩스 02-394-1029
전자우편 saeum2go@hanmail.net
블로그 blog.naver.com/saeumpub
페이스북 facebook.com/saeumbooks
인스타그램 instagram.com/saeumbooks

발행처 (주)새움출판사
출판등록 1998년 8월 28일(제10-1633호)

ISBN 979-11-92684-44-4 03810

날씨가 참 좋아

이은소 장편소설

새움

차례

작가의 말

1998년, 영화 '해피 투게더'를 보고 짧은 이야기를 썼습니다. 그때 짧은 이야기의 주인공은 '소주'였습니다. 그 이야기는 오랫동안 불룩한 모니터가 있는 데스크톱 하드 디스크에서 플로피 디스켓으로, 플로피 디스켓에서 몇 대의 데스크톱으로 옮겨 다니다가 유에스비에서 오랫동안 머물렀습니다.

2007년 늦봄, 절친한 친구가 제게 게이라고 말했습니다. 짐작하고 있었으므로 저는 덤덤했습니다. 친구는 마치 고해하듯 제게 커밍아웃을 하였고 제 태도에 고마워했습니다. 그때 친구에게 하지 못한 말을 지면을 빌어 전합니다. 잘못을 고백하듯 커밍아웃을 하게 해서 미안하다고. 예사로운 반응에 고맙다는 인사를 하게 해서 미안하다고.

당시 친구는 남자 친구의 부모님으로부터 직장에 알리겠다는 협박을 받고 있었습니다. 친구와 그 문제를 상의하면서 오래전 묵힌 짧은 이야기를 꺼내 노트북으로 옮겼습니다.

그리고 준영의 이야기를 긴 글로 쓰기 시작했습니다.

2007년 작렬한 여름
은밀하고 매력적이고 즐거운 세계에
나를 기쁘게 초대해 준 친구 애렴과
일반인이자 이방인인 나를 기꺼이 환영해 준
애렴의 친구인 라이언, 라이언의 친구인 Y.H.에게
고마움과 사랑을 전합니다.

이 친구들 덕분에 준영의 이야기를 끝낼 수 있었습니다.

그리고 2023년 지금, 준영의 이야기에 공감해 주시는 독자 여러분께 감사를 전합니다.

2023년 1월

이은소

서울 광장 무지개

4번 출구로 나가서 서울 광장을 향해 뛰자고 마음먹었다. 축제는 5번 출구, 반대는 3번 출구,라는 외침을 듣고 5번 출구로 나가려고 했지만 사람이 너무 많았다. 3번 출구 근처에는 사람이 더 많았다. 모두 깨끗하고 단정한 흰 옷을 입고 출구를 향해 바삐 걸음을 놀리고 있었다.

하지만 4번 출구를 나오자마자 발이 묶였다. 하랑이와 마주쳤다. 정확히는 하랑이가 나를 불렀다. 선생님, 하고. 은혜 어린이집, 우리 사랑반에 다니는 내 작은 천사 하랑이는 하얀 원피스를 입고 하얀 샌들을 신고 진짜 천사 같은 모습으로 내게 미소를 건네고 있었다.

"하랑아."

너무 뜻밖이어서 나는 더 이상 말을 잇지 못했다.

"보세요."

하랑이는 제 어깨보다 넓은 팻말을 들어 보였다. 흰 종이를 붙인 흰 스티로폼 박스 뚜껑에 검은 글씨가 인쇄되어 있었다.

"엄마 아빠가 사랑해서 나를 낳았어요."

"응……."

"선생님도 같이해요."

"뭘?"

하랑이는 광장을 향해 팻말을 아래위로 흔들며 소리쳤다.

"물러가라. 물러가라. 물러가라."

"하랑아."

나는 하랑이의 팔을 잡고 팻말을 빼앗았다.

"왜요? 선생님."

하랑이가 천사 같은 눈망울을 들어 나를 올려다 보았다.

"하랑이 지금 누구한테 말하는 거야?"

"마귀들이요."

하랑이가 광장을 가리켰다.

"저 사람들이? 그냥 놀러 온 사람들인데?"

"마귀가 들렸잖아요. 나쁜 짓하러 왔어요. 회개하고 예수님 품으로 돌아와야죠."

하랑이는 내 손에서 팻말을 도로 가져가서 다시 소리쳤

다. 물러가라고.

“하랑아, 그런 거 아니야. 여기 누구랑 왔어?”

광장을 등지고 하랑이를 말리는데 어머, 선생님, 하는 목소리가 들렸다. 하랑이 엄마였다. 하랑이 엄마가 손풍기를 들고 다가왔다. 하랑이가 팻말을 내게 넘기고 엄마 손을 잡았다. 하랑이 엄마는 하랑이에게 손풍기 바람을 쐬게 하며 반갑게 웃었다.

“선생님도 집회에 오셨어요?”

“네, 어머님.”

“저기 우리 부스가 있어요. 같이 가요.”

하랑이 엄마가 광장 건너편을 가리키며 나를 재촉했다. 나는 팻말을 든 채 하랑이 엄마를 따라나서지도 못하고 광장 쪽으로 발걸음을 돌리지도 못하고 망설였다. 하랑이 엄마가 하얀 팻말 위로 드러난 내 셔츠를 확인했다. 검은 티셔츠 왼쪽 가슴 위에는 무지개가 수놓여 있었다.

“선생님…….”

하랑이 엄마는 진짜 마귀라도 본 듯이 혐오스러운 눈길로 나를 훑어보았다. 내가 든 팻말을 빼앗고 하랑이를 자신의 등뒤로 숨겼다.

“우리 교회 다니시잖아요. 우리 교회에서 운영하는 어린이집 선생님이시고요.”

"네, 어머님……."

나는 잠시 머뭇대다가 광장을 향해 고개를 돌렸다. 광장에는 큰 무지개, 작은 무지개, 펄럭이는 무지개, 흔들리는 무지개, 고정된 무지개, 반짝이는 무지개들이 떠 있었다.

"저는 무지개와 그 아래에 계신 예수님을 보러 왔어요."

저들도 예수님이 사랑해서 낳은 사람들이거든요,라고는 말하지 못했다.

"그럼 내일 뵙겠습니다."

나는 고개를 숙여 인사를 하고 광장으로 걸음을 뗐다.

등 뒤에서 핸드폰 카메라 소리가 여러 번 들렸다. 당장 학부모 단톡방이 시끄러워지리라. 어린이집에 전화가 빗발치리라. 그리고…… 소중한 직장을 잃을지도 모르리라. 코 안이 축축해져서 콧물을 들이켰다.

"강소주!"

"쏘주강!"

"깡쏘우주!"

무지개 사이에 내 친구들이 있었다. 그들이 나를 불렀다.

나는 그들을 향해 손을 흔들었다. 양팔을 흔들었다. 풀쩍 뛰어 올랐다. 사진을 찍어대는 하랑이 엄마에게 멋진 사진이 찍히기를 바라면서.

원 투 쓰리 플라이

내가 사라지기까지 열두 시간이 남았다. 아니 그보다는 더, 어쩌면 덜 남았을지도 모르겠다. 시작은 진눈깨비였다. 진눈깨비가 봄처럼 날아와 내 손바닥에 내려앉았을 때, 차가운 홀씨가 되어 흔적 없이 녹아 버렸을 때, 나도 이처럼 사라지고 싶다고 생각했다.

처음부터 진눈깨비는 아니었다. 분명 눈이다,라는 소리를 듣고 잠에서 깼다. 눈이 오네, 참말 눈이네, 병실 곳곳에서 사람들의 목소리가 들썽거렸다. 누군가 내 침상 옆 창가로 다가와 롤스크린을 올렸다. 희미한 빛이 내 망막을 뚫고 시신경을 자극했다.

사람들의 관심이 창 쪽에서 멀어지기를 기다렸다가 나는

창을 향해 몸을 돌려 누웠다. 수면 안대를 풀고 눈을 떴다. 창밖으로 희부연 하늘이 보였다. 하늘 아래 눈발이 흩날렸다.

머리맡으로 손을 뻗었다. 엠피쓰리를 찾아 플레이 버튼을 눌렀다. 헐겁게 걸치고 있던 이어폰을 귓속으로 바투 밀어 넣었다. 다시 창밖을 보았다. 눈발이 쓸쓸하고 음울한 표정을 짓고 '더 밀리어네어 왈츠The Millionaire Waltz'*에 맞추어 춤을 췄다.

나는 참사랑 척추관절 병원 402호의 가장 어린 환자이자 가장 '다른' 환자이다. 환자들의 생활이란 몹시 우울할 줄 알았는데, 아니었다. 병원 밖 사람들처럼 잠을 깨고, 식사를 하고, 스케줄에 따라 치료를 받고, 잡담을 나누고, 간식을 먹고, 티비를 보고, 전화 통화를 하고, 잠을 잤다. 환자들은 보통 사람들처럼 나름 일상을 살아가고 있었다. 그러나 나는 달랐다. 아니 '틀렸다'라고 해야 하나.

간호사가 이른 아침 병실의 불을 밝혀도 깨지 않았고, 상태를 물어도 답하지 않았다. 아침 식사가 와도 일어나지 않았다. 밥이 늦게 배달되어도 화내지 않았고, 찬이 맛없어도 짜증내지 않았다. 따분한 시간이 찾아와도 한숨 쉬지 않았고, 우스운 이야기를 들어도 웃지 않았다. 다른 환자들이 살

*백만장자 왈츠.

아 내는 '일반' 일상이 내게는 없었다.

나는 매일매일 죽어 가고 있었다. 검은 장막에 갇혀 있었다. 내 시간은 늘 깜깜한 밤이었다. 아니 밤이기를 바랐다. 24시간 내내 어둠이 내리기를 바랐다. 까마득한 어둠 속에서 아무도 나를 보지 못하고, 아무도 내가 볼 수 없기를 바랐다.

하지만 오늘은 달랐다. 장막을 걷어 내고 밖으로 나가 보고 싶어졌다. 눈발 때문이었다.

"얌전한 학생, 이제 일어났네."

병실 문을 향해 몇 발자국 뗐을 때 환자 보호자가 말했다. 할머니라고 부르기에도 아주머니라고 부르기에도 애매한 분이었다. 오늘은 그 또래 환자 보호자들이 내 움직임을 구경하듯이 훑으며 한 마디씩 덧붙였다.

"그래, 몸도 좀 움직이고 해야지. 매일 누워만 있으면 안 돼."

"아플수록 더 몸을 놀려야 하는 거야."

그들의 눈길과 말끝이 나를 좇았다. 나는 자리에서 나온 걸 후회했다. 나오더라도 이어폰을 끼고 나왔어야 했다. 병실을 빨리 벗어나고 싶었다. 바닥만 응시하면서 병실 밖으로 나왔다. 그 몇 걸음 동안 링거 거치대가 큰 의지가 되었다.

어머니는 내가 오랫동안 숨겨 온 진실에 직면하고 내게

'병'이 있다고 판단했다. 정형외과 의사인 매형에게 나를 데려가 혈액 검사를 받게 했다. 내 혈액에 몹쓸 병균이 있다고 여겼다. 아들은 '병'에 걸렸을 뿐이고, 약물로 죽일 수 있는 병균이 있어야 한다고 믿고 싶었을 것이다.

당연히 혈액 검사는 어머니의 간절한 믿음을 배신하고 아무런 '병'을 내놓지 못했다. 다시 소변 검사를 받고 엑스레이를 찍었다. 이 검사로도 아무런 '병'을 발견하지 못 하자 매형은 신경외과로 나를 데려갔다. 차갑고 딱딱한 침상에 누워 물컹한 귀마개를 끼고 뇌 엠알아이MRI를 찍었다. 역시 이상을 발견하지 못 하자 매형은 어머니에게 신경정신과를 권유했다.

매형도 물론 내 '병'의 실체에 대해서 잘 알고 있었다. 내 '병'은 의학의 영역이 아니라는 사실을, 어떠한 검사로도 발견되지 않고, 어떠한 약으로도 고칠 수 없다는 사실을. 내 '병'은 진짜 병이 아니라는 사실을. 다만 무슨 짓이라도 해서 아들을 '고쳐야 한다'고 믿는 어머니를 이렇게나마 위로하고 싶었을 것이다.

하지만 어머니는 주변에 소문을 내고 싶어 하지 않았다. 매형이 소개한 신경정신과를 포기하고, 집에서 멀리 떨어진 강남의 신경정신과로 나를 데려갔다. 신경정신과에서도 내 '병'을 고칠 수 없게 되자 한의원으로 나를 데려갔다. 진맥을 받고, 침을 맞고, 한약을 지었다. 그렇지만 한의사에게 내 '병'의 실체에 대해 털어놓지는 않았다.

병실을 빠져나왔을 때 간호사 스테이션에서 나를 주시했다. 나는 그 시선들을 피하면서 링거 거치대에 몸과 마음을 의지하고 엘리베이터 쪽으로 걸음을 옮겼다.

엘리베이터 앞에는 남자 환자가 허리 보호대를 차고 전광판을 바라보고 있었다. 짙은 눈썹과 쌍꺼풀 없이 매끈한 눈매와 단정한 입을 지닌, 20대 중반의 남자였다. 브이넥 상의 위로 탄탄한 가슴이 드러났다. 짧은 상의 소매와 하의 밑단 아래로 강단 있는 손목과 발목이 보였다. 멋진 몸을 가진 남자였다. 순간 내 꼴이 부끄러웠다. 나는 남자에게서 눈길을 거두었다.

'더러운 새끼! 그 새끼 눈길만 와도 역겨워.'

건우 형은 짙은 눈썹과 쌍꺼풀 없이 매끈한 눈매를 찡그리고 말했다. 그 단정한 입매가 혐오로 이지러졌다. 그래, 건우 형의 말이 옳다. 나는 눈길조차도 함부로 줘서는 안 되는 '더러운 새끼'이다.

엘리베이터 문이 열렸다. 남자가 먼저 타고 나를 바라봤다. 나는 오른쪽으로 몸을 틀었다. 1미터 앞에 비상구가 있었다. 그쪽으로 걸음을 옮겼다. 비상구 문을 열고 몇 발짝 계단으로 내려갔다. 오른손으로 계단 난간을 잡고 왼손으로 링거 거치대를 내려놓은 다음, 오른발을 아래로 옮기고 왼발을 아래로 옮겼다. 원, 투, 쓰리, 포즈. 왈츠를 처음 배울 때처럼 어설프게 스텝을 옮겼다.

한 층 한 층 내딛을 때마다 오른쪽 옆구리부터 엉치뼈까지 욱신거렸다. 코뼈도 시큰거렸다. 잊고 있었다. 내가 입원한 진짜 이유를. 나는 얼굴부터 복부를 지나 옆구리까지, 엉덩이부터 허벅지를 지나 무릎까지, 여기저기 주먹질과 발길질을 당하고 쓰러진 채 이 병원으로 이송되었다. 가슴이 저려왔다. 가슴도 맞았던가. 가슴 부분은 가방을 안고 있어서 피해 갔던 것 같다. 그런데도 통증이 찌릿찌릿 가슴을 파고들었다.

'나는 그 새끼하고 운동하고, 샤워까지 같이 할 뻔했잖아.'

'아, 토 나와.'

형들의 목소리가 들렸다. 가슴 통증이 더 심해졌다. 통증은 바늘이 되어 가슴 한복판을 쿡쿡 찔렀다. 다른 상처와 통증은 치료를 받으면 날로 좋아졌지만 가슴 통증은 사라지지 않았다. 오히려 더 심해졌다. 내 마음이 없어져 버릴 때, 내 기억이 사라져 버릴 때, 내 감정이 죽어 버릴 때, 내 존재가 녹아 버릴 때야 낫게 될 것이다.

1층에 도착했다. 땀으로 목덜미가 축축해져 있었다. 비상구 문을 열고 로비로 나갔다. 출입구 유리문으로 밖을 보았다. 눈발은 병실에서 봤을 때보다 약해져 있었다. 유리문을 밀고 밖으로 나갔다.

얇은 환자복 사이로 찬 기운이 파고들었다. 바람이 불었다. 목덜미를 적신 땀이 말라 갔다. 눈발 아니, 이제는 진눈깨비였다. 진눈깨비가 봄날 공기 중에 흩어지는 민들레 홀씨처럼 날아다녔다.

눈을 감았다. 민들레 홀씨가 허공을 날아다니며 봄의 왈츠를 추었다. 발끝이 간질거렸다. 축제의 한복판에서 건우 형이 손을 내밀었다. 나는 민들레 홀씨가 되어 공중을 부유했다.

눈을 떴다. 진눈깨비가 맴을 돌다가 내 뺨에 부딪쳤다. 허공으로 손바닥을 뻗었다. 진눈깨비가 손바닥에서 사르르 녹아 흔적도 없이 사라졌다. 가슴의 통증도 사라졌다. 오늘은 참 좋은 날이다. 흔적 없이 자취를 감추고 사라지기에. 진눈깨비처럼.

"추운데 옷도 제대로 안 입고 나왔어?"

어머니였다. 어머니는 매일 오전, 밥과 간식을 들고 병원에 들렀다.

"들어가서 밥 먹자. 어휴, 날씨가 왜 이리 우중충하니?"

나는 병원으로 돌아가고 싶지 않았다. 밥 먹었어요,라고 대답하려다가 그만두었다. 어머니는 분명 내 거짓말을 알아차릴 것이다. 나는 아무런 대꾸도 하지 않았다.

찬 공기가 몸을 휘감았다. 손발이 떨리기 시작했다. 어머니가 도시락과 가방을 내려놓았다. 외투를 벗어 내 어깨를 덮어 주었다.

"괜찮아요."

외투를 벗어 어머니에게 건네주었다.

"그냥 둬."

나는 외투를 다시 걸쳤다. 어머니가 외투를 앞으로 끌어당겨 여며 주었다. 내 가슴에 물이 자박자박 차올랐다. 어머니에게 이 물을 들키고 싶지 않았다. 물이 흘러내리지 않도록 가만히 있었다.

'준영아, 엄마랑 같이 들어가자.'

어머니의 눈빛이 말하고 있었다.

나는 링거 거치대에 의지해 앞장섰다. 어머니와 함께 엘리베이터를 타고 병실로 돌아왔다.

병실에서는 환자와 보호자가 티비를 보고 있었다. 사람들이 욕을 해댔다. 그 드라마였다. 나는 어머니를 보았다. 어머니는 아무 것도 듣지 못했다는 듯 내 자리로 갔다. 짐을 풀고 상을 차렸다. 보온 도시락 뚜껑을 열자 팥 색 잡곡밥과 부연 고깃국에서 가느다란 김이 올라왔다. 찬 통에는 불고기와 흰 살 생선, 전 등이 가지런히 담겨 있었다. 어머니는 언제나 내게 정성을 다했다.

"장조림에 밥 비벼 줄까?"

어머니가 장조림이 든 유리병 뚜껑을 열며 물었다.

어머니는 내 대답을 듣지 않고 장조림 국물에 밥을 비볐다. 살집이 사라진 어머니의 하얀 손등 위로 퍼런 핏줄이 불거져 나와 있었다. 짙은 밤색으로 염색한 머리 뿌리에는 흰머리가 서리처럼 내려앉아 있었다. 저 서리가 녹는 날이 올까.

어머니가 밥을 다 비비고 고개를 들었다. 어머니의 뺨이, 입술이 물 빠진 선인장처럼 가칠했다. '몹쓸 병'에 걸린 아들 때문에 어머니는 사막 한가운데에서 말라 가고 있었다.

죄송하다고 말하고 싶었지만 소리가 목구멍에 걸려 나오지 않았다.

"괜찮아, 곧 나을 거야."

"……."

"다 나으면 돼."

내 목소리를 들은 듯이 어머니가 대답했다. 나는 고개를 숙였다.

"참, 소주가 줬어."

어머니가 빨간 종이봉투를 내밀었다.

"너 핸드폰 없어서 답답하다고 빨리 사 주래. 퇴원하면 엄마랑 사러 가자."

나는 봉투를 열어 보았다. 크리스마스 카드가 두 장 들어 있었다. 카드에는 각각 '먼저 읽기', '나중에 읽기'라고 쓰인 쪽지가 붙어 있었다. 나는 '먼저 읽기'라고 쓰인 카드에서 쪽지를 떼어냈다. 루돌프가 산타 복장을 헐렁하게 걸치고 산타클로스가 속옷을 입고 팔씨름을 하는 장면이 나왔다. 둘 다 코가 빨갰다.

"크리스마스 카드구나."

어머니가 입을 벌리고 웃었다. 나는 말없이 카드를 열어 보았다.

미리 메리 크리스마스!
매년 누구 때문에 크리스마스 때마다
잠수 타고 이불 속에서 하이킥 할 거야.
그래서 미리 메리 크리스마스 한다!!!

_11월 25일

p. s. 이 카드를 보고 웃지 않았다면 다음 카드를 보시라.

'나중에 읽기'라고 쓰인 카드를 들고 쪽지를 떼냈다. 알록달록한 크리스마스 트리 앞에서 천사 같이 예쁘고 복스럽게 생긴 소년과 소녀가 마주 보고 웃고 있었다. 그들 사이에는 촛불이 빛나고 있었다. 소주답지 않은 카드였다. 나는 카드를 열었다. 작년 크리스마스 때 쓴 카드였다. 나는 소주의 지난 메시지를 읽으며 웃었다.

"우리 아들 웃기는 사람은 소주밖에 없구나."

이불 속에서 하이킥 할 소주를 떠올리니 하, 하고 웃음이 났다.

"식겠다. 어서 먹자."

어머니가 숟가락을 쥐여 주었다.

어머니는 내 눈치를 살피면서 밝은 목소리로 말을 많이 했다. 우리 가족에게 아무 일도 일어나지 않은 것처럼, 내게 아무런 변화도 생기지 않은 것처럼. 나도 아무렇지 않은 것처럼 이따금 네, 그렇구나, 하고 맞장구를 쳤다.

어머니가 집으로 돌아갔다. 나는 늘 그랬듯이 침대에 누워 있었다. 노래를 들었다. 그 동안 저녁 식사가 왔고, 매형이 회진을 왔고, 간호사가 약을 가져왔다. 나는 수면 안대를 끼고 이어폰을 꽂은 채 그 무엇에도 반응하지 않았다.

밤이 깊어 갔다. 이곳에서는 10시가 되면 불을 껐다. 모두 잠자리에 들었다. 링거 바늘을 뽑았다. 피가 퐁퐁 솟았다. 수건을 대서 지혈을 하고 시계를 봤다. 10시 44분, 초록 불이

들어와 있었다. 소주가 준 전자시계였다.

"요즈음도 이런 시계가 있나?"

"내 잡동사니 서랍에 차곡차곡 모셔져 있던 거야. 이 엠피쓰리도."

소주가 병문안을 와서 구형 엠피쓰리와 전자시계를 내밀었다. 소주는 특별히 내게만 빌려주는 거라며 퇴원 후에 다시 돌려달라고 말했다. 하지만 이 시계도 엠피쓰리도 내 손으로는 돌려주지 못할 것 같다.

나는 엠피쓰리를 주머니에 넣고 자리에서 일어났다. 엘리베이터 안에는 아무도 없었다. 맨 꼭대기 9층을 눌렀다.

9층은 어둡고 적막했다. 불빛이라곤 계단에 붙어 있는 녹색 비상구 표시등과 창밖에서 들어오는 도시의 빛이 전부였다. 이 빛에 의지해 계단 난간을 잡고 천천히 옥상으로 올라갔다. 문을 열자 휑, 하고 찬바람이 몰아쳤다.

병원 주변으로 시커먼 건물들이 불 켜진 창을 띄엄띄엄 달고 이빨 빠진 괴물처럼 서 있었다. 하늘을 올려다보았다. 하늘은 말이 없었다. 별도, 달도 죽은 밤이었다.

꽃밭 앞에 놓인 벤치에 앉았다. 벤치의 냉기가 환자복을 뚫고 살갗에 스며들었다. 몸이 차가워졌다. 종일 담담하였는데 막상 옥상에 올라오니 내 마음이 아니었다. 서럽고 막막하였다. 나는 혼자였다. 차가운 몸에서 뜨거운 울음이 쏟아져 나왔다.

자리에서 일어나 옥상 가로 걸어갔다. 가장자리 담장으로 올라서기 위해 다리를 올렸다. 휘청거린 채 올라가지 못했다. 몸이 떨렸다. 심장이 벌떡거렸다. 하늘에 계신 우리 아버지…… 아니 '우리 아버지'는 없다. '우리 아버지'가 하늘에 계신다면 나 같은 '남자 새끼'를 만들어 냈을 리 없다.

엠피쓰리의 볼륨을 높였다. 오른손으로 난간을 잡고 왼손으로 담장 위를 짚었다. 오른쪽 다리를 담장 위로 올렸다. 왼 다리도 담장 위로 올렸다. 두 다리 모두 담장 위에 놓였다. 난간을 잡고 천천히 몸을 일으켰다. 바람에 환자복이 너울댔다. 난간에서 손을 뗐다. 주먹을 쥐고 차렷 자세로 섰다. 엠피쓰리의 볼륨을 높였다. 원, 투, 쓰리, 플라이. 왈츠 스텝으로 가뿐히 사뿐히 진눈깨비가 되어 날 것이다. 주먹을 폈다. 숨을 깊게 들이마시고 내쉬었다. 눈을 감았다.

원, 투, 쓰리. 플라이!

결국 나는 진눈깨비였다. 진눈깨비는 사라진다.

젠장, 숨이 컥

"깡쏘우주!"

이개식이 나를 불렀다. 그러거나 말거나, 나는 시방 사람이 아니다. 사랑에 빠진 오징어이다. 불판 위에서 쪼그라들다가 손발이 사라지기 직전이었다. 오징어가 손이 있던가. 있거나 말거나. 나는 다이어리에 시선을 고정했다.

길고 검은 속눈썹, 반짝이는 깊은 눈동자.

네 눈을 보면 왜 한 번도 본 적이 없는 남십자성이 떠오를까.

남반구의 하늘에서만 볼 수 있다는 남십자성.

늘 그 자리에서 빛나고 있지만 이 자리에서는 쉽게 볼 수 없는 남십자성.

아니, 준영이가 남십자성일 리는 없잖아. 나는 고개를 저었다. 준영이는 늘 내 곁에서 빛나고 있는데. 헤헤.

"깡쏘우주!"

무시하자. 무시하자. 무시하자.

"야! 깡쏘우주!"

아, 이 개자식! 이개식, 이 개자식! 이개식, 이 개자식이 '깡쏘우주!'를 질러대는 바람에 남십자성이고 뭐고 별들이 확 꺼졌다. 나는 사랑에 빠진 연체동물에서 위험한 척추동물로 돌아와 허리를 꼿꼿이 세웠다. 아빠는 내가 태어났을 때 대우주를 보았노라, 하면서 내 이름을 '강소우주'라고 지었다. 대우주를 봤다면서 왜 소우주냐고? 내가 태어나기 전에 대우주를 한 번 더 봤으니까.

선생님들은 출석부를 보고, '강 소 우 주'를 또박또박 발음하면서 발표를 시키곤 했다. 그 외에는 아무도 나를 '강소우주'라고 부르지 않았다. 다들 '강소주'라고 불렀다. 작명가인 아빠마저도. 강소우주나 강소주나, 듣기엔 비슷하니까 괜찮다. 그런데 이개식, 이 개자식에게는 초등학교 때부터 '깡쏘우주'였다. 그렇담 나도 곱게 불러 줄 순 없다.

"왜 이 개애애애애자식아."

나 기분 나빠, 건드리지 마,라는 뜻으로 다이어리를 '탁' 소리 나게 덮었다. 그때 준영이가 교실 앞쪽에서 다가왔다. 소주야! 하고 내 이름을 부르면서. 준영이가 다리미가 되어 내 표정을 매끄럽게 펴 주었다. 나는 살짝 얼굴을 붉혔을 것이다. 다이어리 내용이 떠올라서 조금 아니 많이 부끄러웠다. 손과 발이 오징어가 되어 다시 쪼그라들었다.

소주.
준영이가 소, 주, 하고 내 이름을 부를 때면,
나는 그 아이에게서 대우주를 본다.
그 아이, 김준영. 일천억 개의 은하처럼 아름답고,
이천억 개의 별처럼 반짝인다.
준영이는 봄이다.
준영이는 별이다.
봄밤 북두칠성과 목자자리 아르크투루스,
처녀자리 스피카가 그리는 대곡선이다.
준영이는 별처럼 빛나고, 봄처럼 따사롭고,
곡선처럼 부드럽다.

나는 다이어리를 서랍 속에 넣고 준영이를 보았다.
"야, 깡쏘우주 눈에서 레이저 나온다."

이개식이 또 속을 긁었다. 오늘따라 이개식의 큰 덩치와 찢어진 눈이 더 꼴 보기 싫었다. 이개식, 이름보다 개자식, 개뼈, 개불, 개뼉다귀 등으로 더 많이 불리는 이개식은 초등학교 때부터 지금 고2까지 한결같다. 한결같이 시끄럽고 산만하고 유치하고 저속하다. 한 마디로 '개념'이 없다. 어떤 식으로든 남을 괴롭힌다. 저보다 힘에서 밀리는 남자아이들에게는 물리적 폭력을 쓰고, 저보다 모든 면에서 밀린다고 생각하는 여자아이들에게는 언어적, 정서적 폭력을 쓴다. 중학교 때 같은 반 여자아이를 폭행했다가 학폭위에서 징계를 받은 후 여자는 손을 안 댄다나 뭐라나.

이개식이 준영이의 어깨에 손을 올리며 친한 척을 했다.

"김준영, 너 깡쏘우주랑 사귀냐?"

사, 귀, 냐,라는 세 음절이 노랑 나비가 되었다. 내 마음속에서 나풀나풀 날았다.

"초딩 중딩 고딩 내내 붙어 다녀서, 대학도 같이 가겠다?"

거기까지만 하지. 나는 이개식을 노려보았다.

"아니 그건 불가능인가. 깡쏘우주와 김준영은 성적이 머니까."

봐준다. 이제 그만해라. 나는 이를 앙다물었다.

"아니다. 키도 멀지."

그래, 진짜 봐준다. 제발 웃지만 마라. 나는 주먹을 쥐었다.

"으흐흐흐흐흐흐흐흐……"

이개식이 엄지손가락과 검지를 벌렸다. 뼘을 만들어 준영이의 얼굴과 내 얼굴 사이를 재며 기분 나쁘게 웃었다. 나는 책상을 '탁' 치며 야! 하고 소리쳤다. 치맛자락을 체육복 바지에 넣는 동시에 준영이가 답했다. 진담처럼 농담으로 말했다. 아니 농담처럼 진담으로 말했다,라고 믿고 싶다.

"응, 우리 사귀어."

나는 얼빠진 사람이 되었다. 수줍은 소녀가 되었다. 잠시 우리 셋 사이에 침묵이 일었다.

"뻥!"

이개식이 내 얼굴 앞에서 양 손바닥을 세게 부딪쳤다. 빠져나갔던 얼이 돌아왔다.

"너 같이 잘난 놈이 짜리몽땅뚱뚱, 깡쏘우주를 사귈 리가 있냐?"

"그래, 이 개자식아, 너 짜리몽땅뚱뚱 돼지한테 한번 돼져 볼래?"

정신이 번쩍 들었다. 준영이 대신 내가 대답한 거다.

"야야, 그분께서 태어나신 성스러운 날에 돼지 같은 소리는 먹어 치우고, 오늘 밤에 교회 꼭 와라."

이개식이 걸맞지 않게 나를 얼렀다.

"네가 뭔데? 네가 오라면 오고, 가라면 가는 돼지, 아니 사람이야? 내가?”

정신이 아직 완전히 돌아오지는 않았다.

“나 연극 한다.”

맞다. 이개식 이 개자식은 배우 지망생이다. 서울에 있는 연기 학원에도 다니고 있다. 그럴 리는 없겠지만 연극영화과에 합격하면 아버지가 성형 수술도 시켜 준다고 했단다.

“크리스마스 이브니까 삶은 달걀도 줄 거야.”

이개식 이 개자식아. 삶은 달걀은 부활절에 주는 거거든. 그나저나 너 같은 놈도 교회에서 받아 주다니, 하나님은 마음이 네 배때기만큼 넓은가 보다. 그런데 이개식, 네가 연극을 하든 개폼을 잡든, 내가 왜 가야 되는데?

“나도 너 초대하려고 했는데…….”

이개식이 진짜 배우라도 된 양 손가락으로 브이 자를 그리면서 사라지자 준영이가 말했다.

“너도 연극해?”

“밴드에서 공연해.”

“너 밴드였어? 원래 성가대에서 피아노 쳤잖아.”

“응, 이제부터 밴드에서 건반 쳐. 건우 형이 밴드를 만들었거든. 오늘 무대에서 첫 공연을 하고 앞으로 예배 시간에 반주도 할 거야.”

아! 그 형. 건우 형은 준영이가 요즘 들어 친하게 지내는 교회 형이다. 너랑은 피아노가 잘 어울리는데,라고 말하고 싶었지만 말하지 못했다. 준영이의 목소리가 크리스마스 날 아침, 기다리던 선물을 잔뜩 받은 아이처럼 들떠 있었기 때문이다.

"앞집 준영이는 백일장에서 장원했대."

"준영이는 수학 경시 대회에 나가서 1등 했대."

"준영이는, 준영이는, 준영이는……."

준영이는 엄마의 부러움과 칭찬을 타고 내 삶으로 들어왔다. 나는 준영이를 시기하고 미워하는 대신에 좋아하게 되었다. 누구라도 준영이의 맑고 아름다운, 남자아이에게 '아름다운'이라는 표현이 어울리지 않는다고들 하지만, 모습을 본다면 그 아이를 좋아하게 될 것이다. 사랑하게 될 것이다. 친구들도 학교 선생님들도, 동네 아주머니들도 모두 준영이를 좋아했다. 이개식조차 준영이에게는 함부로 대하지 못했다.

그런 준영이가 바로 나의 단짝이었다. 준영이가 초등학교 2학년 때 가족과 미국에서 귀국했을 때부터였다. 중학교 3학년 때 준영이가 아버지와 미국에서 머물렀을 때를 제외하고는 나는 늘 준영이와 함께였다. 앞집에 살던 준영이가 중학교 2학년 때 동네에 새로 생긴 주상 복합 아파트로 이사 간 후로는 함께하는 시간이 줄어들긴 했지만, 우리는 같은 초등학교를 졸업하고, 같은 중고등학교, 같은 학원과 독서실을 다녔다.

준영이와 나는 10년을 동고동락한 지기, 죽마고우, 또 뭐냐, 백아와 거시기, 아니 종자기, 그런 셈이다. 우리는 서로에 대해 모르는 게 하나도 없었다. 모르는 게 하나도 없다고 생각했는데, 최근에 준영이가 교회 밴드에 든 사실은 몰랐다. 그러고 보니 준영이도 내 비밀을 모르고 있기는 하다. 오늘 밤엔 밝혀질 테지만. 헤헤.

나는 예배 시간보다 일찍 교회에 도착했다. 남들은 하나님이라는 분을 보러 교회에 가지만 나는 준영이를 보러 교회에 들렀다. 준영이는 교회에서 피아노를 쳤다. 그 모습도 아름다웠다.

나도 준영이를 따라 초등학교 때부터 피아노를 배우러 다녔다. 물론 준영이만큼 잘 치지도 아름답게 치지도 못한다. 준영이는 쇼팽, 라흐마니노프, 이사오 사사키를 잘 연주한다. 난 그들을 잘 듣는다. 준영이는 피아노 연주를 들으면서 악보를 본다. 난 그런 준영이를 본다. 잘 본다. 열심히 본다. 뭐 사람마다 재능도 취미도 다른 거니까.

그런데 오늘은 준영이가 피아노를 치지 않았다. 대학생으로 보이는 남자와 장난을 치고 있었다. 아마 준영이가 자주 언급하는 그 남자, 건우 형이라는 사람일 것이다. 준영이가 그 남자를 쫓아갔다. 그 남자는 팔을 위로 뻗고 도망을 쳤다. 준영이는 또 그 남자를 쫓아갔다. 남자의 손에 들린 물건을 빼앗으려 했다. 그 남자의 손에는 핸드폰이 들려 있었다.

'나 잡아 봐라'도 아니고 다 큰 어른이 왜 저래? 덩치는 산만해 가지고 유치하게. 우리 준영이 힘들게. 나는 입을 비죽이며 준영이를 보았다.

준영이의 얼굴이 복숭아 빛으로 물들어 있었다. 수줍어하는 듯했다. 그 모습이 낯설었다. 준영이가 남자와 장난치는 걸 처음 보았다. 물빛 생기 가득한 눈빛으로, 피아노 음처럼 청아한 소리로 남자와 이야기하는 것도 처음 보았다.

남자아이들은 쉬는 시간이 되면 교실에서나 복도에서나 유치찬란한 몸 장난을 해댔다. 먼지를 풀풀 날리면서 다치고, 욕하고, 웃고, 또 엉겨 붙었다. 하지만 준영이는 달랐다. 몸 장난을 좋아하지 않았다. 축구도 하지 않았다. 험한 말도 하지 않았고, 여학생을 놀리지도 않았다. 쉬는 시간에는 제 볼일을 보거나 의자에 앉아 있었고, 점심시간에도 교실이나 도서관에 머무를 때가 많았다.

준영이는 남자 친구들보다 여자 친구들이 더 많았다. 여자아이들은 세심하고 친절한 준영이를 좋아했다. 그렇다고 준영이가 남자아이들에게 따돌림을 받거나 무시를 당하는 것도 아니었다. 남자아이들은 준영이를 인정하고 존중했다.

준영이는 내내 최상위권 성적을 유지했다. 음악, 미술에도 소질이 있었다. 어려운 수학 문제를 물어보는 아이들에게도 자상하게 가르쳐 주었다.

그런 준영이가 저 남자를 만난 뒤로 좀 달라지고 있었다. 일주일에 두 번 야간자율학습을 빠지고 피트니스 클럽에 나가 저 남자와 운동을 했다. 주말에는 농구장에 나가 저 남자와 농구를 했다. 피아노 연주곡 대신 팝송을 듣는 시간이 늘어났다.

"퀸이야. 영국 그룹."

언젠가 준영이가 제 귀에 끼고 있던 이어폰을 내 귀에 꽂아 주면서 말했다. 우리는 중앙 공원 벤치에 앉아 있었다. 우리 앞에는 광장이 펼쳐져 있었고, 머리 위에는 하늘이 널려 있었다. 가을 하늘에는 주홍빛 저녁노을이 번지고 있었다.

나는 노래를 멈추고 물었다.

"퀸? 그런 그룹도 있어?"

나는 평소 팝송을 듣지 않았다. 내가 아는 영국 그룹은 영어 책에서 본 비틀즈밖에 없었다. 준영이가 이즈 디스 더 어쩌구…… 하면서 노래를 불렀다. 역시 준영이는 노래도 잘한다. 준영이가 노래를 끊고 마마, 우우우 어쩌구 저쩌구 했다.

"아, 들어 봤어."

"보헤미안 랩소디야."

"유명한 노래잖아. 근데 가수가 누군지는 몰랐네."

"70~80년대에 주로 활동했던 그룹이야."

"우리가 태어나기 한참 전이네. 비틀즈보다 오래된 그룹이야?"

"아니, 비틀즈보다는 뒤에 나왔어."

"그래? '퀸'인데 남자 가수네."

"응, 프레디 머큐리야. 퀸의 보컬리스트."

"못 들어 본 것 같은데, 요즈음도 활동해?"

"아니. 프레디는 91년도에 죽었어."

나는 노래를 다시 틀었다. 노래를 더 잘 듣기 위해 이어폰을 낀 채 귀를 막았다. 프레디 머큐리라는 남자가 아름다운 목소리로 노래하고 있었다. 노을처럼 곱고 봉숭아처럼 서럽게 물든 목소리로 사랑을 고백하고 있었다. 사실 난 '아이 러브 유'밖에 알아듣지 못했다. 어쨌든 이 '아이 러브 유'가 퍽 애잔하게 들렸다. 마치 사랑해서는 안 되는 이에게 사랑을 전하는 것처럼.

"슬픈 노래 같은데 뭐라고 하는 거야?"

한쪽 이어폰을 준영이에게 다시 꽂아 주면서 물었다. 준영이가 가사의 뜻을 전해 주며 '유 테익 마이 브레 써웨이You

Take My Breath Away'*하고 따라 불렀다. 나는 사랑하는데 왜 숨이 막힐까, 잠시 생각했다.

"나도 프레디처럼 노래하고 싶어."

"응? 너 가수가 꿈이었어?"

뜻밖이었다. 준영이는 아버지처럼 교수가 될 거라고 들었기 때문이다.

"아니, 그냥 프레디 머큐리처럼 노래만 하고 싶다고."

준영이는 고개를 들어 노을을 응시했다. 준영이의 눈동자가 노을 물에 퐁당 빠진 듯 붉게 물들었다. 아주 잠깐 준영이가 먼 사람으로 느껴졌다. 그게 무슨 뜻인지 묻고 싶었지만 아무 말도 하지 못했다. 그날 저녁 무렵에 들었던 노래와 노을 아래에서 바라본 준영이의 눈동자는 오래도록 기억에 남았다.

그때부터 나도 퀸을 듣게 되었다. 준영이가 퀸을 좋아하게 되어서 다행이었다. 쇼팽이나 라흐마니노프처럼 잠을 부르지는 않았다.

"소주야, 일찍 왔구나."

준영이가 손을 흔들며 다가왔다.

"어, 공원 몇 바퀴 돌려고 일찍 나왔는데 추워서 그냥 왔어."

* 당신은 나를 숨 막히게 합니다.

네가 피아노 치는 모습을 보고 싶어서,라고는 말하지 못했다.

"근데 너 남자랑 장난치는 거 처음 봐."

"그래?"

준영이가 고개를 갸웃했다.

"장난친 건 아니고, 형이 내가 졸고 있는 사진을 찍어 버렸어."

그건 또 언제 찍은 거야? 준영이와 저 남자 사이에 내가 모르는 일이 생각보다 많은 모양이었다.

"크리스마스 트리 봤어? 예쁘지?"

그제야 나는 성탄 분위기를 알아차렸다. 단상 위에는 큰 크리스마스 트리가 깜박깜박 빛을 내고 있었다. 천장에도 크리스마스 장식들이 반짝이고 있었다. 2층에는 성가대원들이 캐럴을 연습하고 있었고, 1층 단상 옆에서는 대학생들이 기타를 치며 노래를 부르고 있었다.

"구유 보러 가자. 아, 건우 형 먼저 소개해 줄게."

준영이는 단상 옆에 있는, 그 남자에게 나를 데려갔다.

"형, 제 친구, 강 소 우주예요."

남자는 드럼을 만지작거리다 말고 나를 보았다.

"강 소 우주? 이름이 소 우주?"

"네, '소 우주' 할 때 소우주. 그냥 소주라고 부르셔도 돼요."

준영이가 나 대신 대답하고, 내게도 남자를 소개했다.

"건우 형이야. 하건우 형. 멋있지?"

멋 있 지,라는 가사가 준영이의 입에서 사 장조를 타고 실려 왔다. 내 마음속에서 낯선 물결이 일렁였다. 미묘한 감정이었다.

하건우는 우리 반에서 키가 가장 큰 준영이보다도 한 뼘은 더 컸다. 호리호리한 준영이와 달리 튼튼하고 건장한 체격을 지닌, 그래, 쿨하게 인정, 멋있어 보이는 남자였다. 남자의 얼굴을 자세히 살펴보려다가 남자와 눈을 마주쳤다. 남자의 머리 위로 시선을 피했다. 남자의 푸르스름한 머리칼이 이질감을 주었다.

"푸른색으로 염색하고 싶어."

준영이가 말한 적이 있었다. 준영이의 머리카락은 자연스러운 밤색이 돌고 있었다.

하건우가 나와 준영이를 번갈아보며 고개를 끄덕였다.

"소주! 준영이 여자 친구구나."

"아니에요."

준영이는 뜸 한 번 들이지 않고 대답했다.

"에이, 뭐가 아니야?"

"아니에요."

준영이는 손까지 내저었다.

"소주야, 정말 아니야?"

하건우가 내게 물었다.

"아니에요."

내가 대답했다. 준영이가 저토록 부인하는데 내가 달리 무슨 할 말이 있겠는가.

"아니다? 그럼 네 여자 친구는 언제 와?"

"저 여자 친구 없어요."

"진짜?"

"네."

"소주야, 준영이 진짜 여자 친구 없냐?"

하건우는 붙임성이 좋았다. 만난 지 5분도 안 되었는데 친근하게 이름을 불렀다. 소주야, 소주야, 내 이름을 부르고, 있냐, 없냐, 친구냐, 아니냐, 질문을 해댔다. 이 남자, 몸은 무겁게 생겼는데 입은 가벼웠다. 준영이가 좋아하는 사람은 나도 금방 좋아지는데, 이 남자에게는 1.5미터쯤 거리감이 들었다. 나는 하건우의 질문에 짧게 대답했다.

지루한 1부 예배가 끝났다. 예배에 집중해 보려고 했지만 어두워서 그런지 더 졸렸다. 하지만 오늘은 준영이가 옆에 있어서 찬송가도 열심히 부르고, 기도할 때 눈도 감고, 진지하게 '아멘'도 했다.

성가대의 크리스마스 캐럴 합창을 시작으로 2부의 막이

올랐다. 2부 마지막 전 공연이 이개식이 나온다는 연극이고, 마지막 공연이 준영이가 출연하는 밴드 공연이었다.

이개식은 십자가에 매달린 채 연극 후반부에 등장했다. 물론 이개식은 예수님 옆에서 몇 마디 구시렁대다가 꼴깍, 하고 죽었다. 분량이 너무 짧아서 서울 연기 학원에 다니는, 배우 지망생 이개식이 연기를 잘 하는지 못하는지는 판단할 수 없었다.

이제 마지막으로 준영이 차례였다. 내가 연주를 하는 것처럼 가슴이 두근거렸다. 몇 사람의 기침 소리가 들리고, 막이 열렸다.

밴드의 보컬리스트, 그 남자, 하건우, 노래는 좀 했다. 하지만 얼굴은 준영이만큼 빛나지 않았다. 공연 중간에 하건우와 준영이가 몇 번 눈을 마주쳤다. 정확히 일곱 번. 준영이는 하건우가 리듬에 맞추어 고개를 끄덕이며 자기를 바라볼 때마다 꽃처럼 환하게 웃었다. 마치 사랑에 빠진 사람처럼.

거슬려, 거슬려. 아무래도 저 머리칼 때문이야. 하건우가 눈에 거슬렸다. 목사님 아들이라면서 시퍼렇게 염색해도 되는 거야. 괜히 시비를 걸고 싶었다. 내 불편한 심사를 비웃듯, 하건우의 머리카락은 조명을 받아 비단실처럼 곱게 흘러내렸다.

자정을 넘겼다. 25일 진짜 크리스마스를 맞고, 교회를 나왔다. 준영이는 교회에서 다른 일정이 남아 있었지만, 나를 데려다 주겠다고 했다. 준영이와 나는 이어폰을 한쪽씩 꽂고 나란히 밤길을 걸었다. 준영이의 큰 키 때문이 아니라 내 작은 키 때문에 이어폰 줄이 팽팽하게 당겨졌다. 덕분에 준영이는 내 어깨에 팔을 단단히 붙이고 걷고 있었다.

바람이 맵고 공기가 시렸지만 포근한 담요 속에 있는 것처럼 마음이 따뜻했다. 준영이의 얼굴과 준영이가 메고 있는 가방을 번갈아 바라보니 웃음이 실실 흘러나왔다. 교회에서 준영이 몰래, 가방 안에 크리스마스 선물과 카드를 넣어 두었다. 선물은 풍경이었다. 봄바람이 불면 이 풍경이 준영이의 방 창가에서 살랑거릴 것이다. 흐흐. 생각할수록 흐뭇하고 흐무뭇했다.

"우리 공원으로 가로질러 가자."

크리스마스라서인지 한겨울 밤인데도 공원에는 연인이나 친구 무리들이 있었다. 어디선가 빵이 익어 가는 냄새가 나는 듯했다. 세상 달콤한 내 기분처럼.

"우리 여름 되면 빵 사서 분수 보러 오자."

"빵 생각나?"

"응, 지금 먹으면 살찌겠지?"

"살 좀 찌면 어때?"

"안 돼! 살 뺄 거야."

"애들이 놀려서?"

"어휴, 이개식 그 개자식! 짜리몽땅뚱뚱이가 뭐야? 차라리 빵보가 낫다."

빵보는 빵을 좋아해서 생긴, 초등학교 시절 내 별명이다.

"개식이가 어려서 그래. 사랑받고 싶은 마음을 그런 식으로 표현하는 거야."

준영이가 이개식을 이해하는 것은, 나도 이해하는 바이다. 중학교 때 이개식이 사고를 쳐서 이개식 아버지가 학교에 왔다. 이개식 아버지는 아침 자습 시간에 이개식을 우리 교실 앞 복도로 불러내서 장풍을 날렸다. 이개식은 쓰러졌다가 오뚝이처럼 다시 일어났다. 이개식 아버지의 장풍이 몇 번 더 이어졌고 이개식은 쓰러지고, 일어나고, 차렷을 반복했다. 옆 반 선생님 두 분이 더 와서 이개식 아버지를 뜯어말리고서야 이개식은 살아남았다.

그 후 나도 이개식을 이해하려고 했지만 이개식은 꼭 한 번씩 내 화를 돋우곤 했다.

"어른 같은 소리를 한다."

"내가 너보다는 어른이거든."

"생일은 내가 빠르거든."

"고작 27일!"

아! 이게 아닌데……. 우리는 여느 때처럼 남자와 남자처럼, 여자와 여자처럼 대화하고 있었다. 준영이는 남자, 나는 여자, 남자 여자의 대화로 가야 하는데…….

"오늘 공연에서 네가 제일 멋졌어."

준영이를 향해 양손 엄지를 치켜들었다.

"정말? 예수님보다?"

"응, 예수님보다."

연극은 재미있게 봤지만 예수님 배우가 멋있다는 생각은 안 들었다.

"건우 형보다?"

"당연, 그 사람보다."

"거짓말. 건우 형이 얼마나 멋있는데, 형이 퀸 노래를 부르면 진짜 프레디보다 더 멋있어."

프레디? 퀸? 아! 하건우가 퀸을 좋아하는구나. 김준영, 이 아이 하건우를 많이 좋아하는 것 같았다. 하긴 준영이는 누나만 셋이다. 오빠만 있는 내가 언니가 있었으면 좋겠다고 생각하듯이 준영이도 형이 있었으면 할 것이다.

"너, 그 사람이랑 더 친해, 나랑 더 친해?"

"너랑 더 친하지. 우리는 아홉 살 때부터 친구였는데…… 넌 내 가장 친한 친구잖아."

"그럼 그 사람이 더 좋아, 내가 더 좋아?"

아! 강소우주! 유치하다. 우주를 품은 이름 값 좀 하라고! 하지만 준영이니까 괜찮다. 준영이는 마음이 넓고 이해심이 넉넉하니까. 헤헤.

"음……."

뭐야? 가장 친하다며. 그거 좋다는 뜻 아니야? 이게 그렇게 머뭇거릴 질문이야?

"그 형도 좋아."

어, 이게 아니다. 예상치 못한 대답이었다. 당연히 네가 더 좋지,라고 말하면, 또 한 번 오징어가 되어 불판에 올라가 쪼그라들고 나서 얼마큼? 하고 물어 볼 생각이었는데…….

"나는 네가 제일 좋아."

말해 버렸다. 그것도 '제일'에 강세를 주어서.

"나도 네가 좋아."

미소는 지었지만 강세를 주지 않고 준영이가 대답했다.

"나는 준영이 네가 제일 좋아."

이번에는 '제일'에 강세를 더 주면서 '제에에일' 하고 길게 뺐다.

"나는 준영이 네가 정말 제일 좋다고."

준영이가 눈에 물음표를 달고서 나를 쳐다보았다.

"준영아, 네가 좋아. 나 지금 너한테 고백하고 있는 거야. 너도 나처럼 나를 정말, 제일, 좋아해 달라고."

미쳤다. 말하고 말았다. 그토록 오래 간직한 말을. 이토록 어수선하게, 억지스럽게, 가볍게, 자연스럽지 않게. 아! 수습하자. 수습해, 수습해야 한다. 이런저런 궁리를 하고 있을 때 준영이가 불쑥 말했다. 무겁고 심각한 얼굴로.

"미안해."

"……."

"나는 너를 제일 좋아할 수 없어."

"너도 나 좋아하잖아."

예상치 못한 준영이의 반응에 진심이 튀어 나왔다.

"미안해, 소주야. 나는 네가 날 좋아하는 것처럼, 그렇게 널 좋아할 수 없어."

준영이가 막 울음을 터트릴 것만 같은 표정으로 거절의 말을 내뱉었다. 준영이의 얼굴은 진지하다 못 해 슬퍼 보이기까지 했다.

"야, 김준영, 장난한 건데, 너 왜 이렇게 심각해?"

나는 양손으로 손뼉을 치다가 준영이의 팔뚝을 치다가 웃었다.

"으으하하하하하하하하, 으으하하하하하하하하."

부자연스럽게, 미친년처럼.

준영에게

다가오는 봄에는

배추꽃 속에 살며시 흩어 놓은 꽃가루 속에

나두야 숨어서 너를 부르고 싶다.*

메리 크리스마스!

잠깐, 크리스마스 카드! 준영이에게 쓴 크리스마스 카드가 준영이의 가방 속에 있었다. 현대시 자습서 세 권을 다 뒤지고 나서 쓴 카드였다. 어이구! 깡쏘우주! 꽃가루 속에 콱 처박혀서 다시는 기어 나오지 마라.

"나 이 가방 좀 빌릴게. 춥다. 이거라도 입고 가야지."

나는 준영이의 백팩에 매달렸다.

"추우면 내 외투 벗어 줄게."

"아, 아니야. 나는 가방이 좋아. 가방을 메는 게 제일 따뜻하더라고. 하하하."

나는 준영이의 백팩을 벗겨내며 이러쿵저러쿵 나불댔다. 내가 버둥대느라 준영이의 귀에 간신히 매달려 있던 이어폰이 빠졌다. 나는 그 이어폰도 내 귀에 꽂으며 또 횡설수설했다.

* 이용악, 「꽃가루 속에」 변용.

"이것도 내가 들을게."

"어, 그래."

"음악은 마음을 따뜻하게 하잖아. 하하하."

아! 나 뭐래니?

"소주야, 너 괜찮아?"

준영이가 내 방 침대에 놓인 시추 인형처럼 눈을 동그랗게 뜨고 물었다.

"괜찮지, 그럼. 가방이 있고, 뮤직이 있는데…… 하하."

"………"

"여기서는 나 혼자 갈 수 있어. 너 다시 교회로 가야 하잖아. 가 봐."

"소주야!"

"빨리 가. 메리 크리스마스!"

나는 두 팔을 흔들며 내가 할 수 있는 한 가장 크게 입을 벌렸다. 가장 밝게 웃음을 만들어 보이고는 바닥 분수를 가로질러 달렸다. 분수에서 얼음처럼 차가운 물이 뿜어져 나오는 것 같았다. 이어폰에서 노래가 흘러나오고 있었다.

'유 테익 마이 브레 써웨이' 당신은 날 숨 막히게 합니다. 아, 젠장. 진짜 숨이 콱 막히네.

입춘에 내리는 비

침대에서 일어났다. 창밖도 방 안도 깜깜했다. 창문을 조금 열었다. 바람이 내 뺨에 하이 킬 훅을 때렸다. 양 주먹을 모았다가 나를 향해 순식간에 훅을 날리던 건우 형이 보였다. 멀리서 도로 위를 구르는 자동차 바퀴 소리가 들려왔다. 월요일, 한 주가 시작되고 있었다. 나는 일어나서 운동 가방을 챙겼다.

새해를 맞고 4주가 지났다. 우리는 열아홉이 되었다. 한 달 넘게 소주를 만나지 못했다. 아니 만나긴 했다. 하지만 만났다고 할 수 없었다. 소주를 보기만 했다. 동네 구석구석에서 소주와 마주쳤다. 말도 했다. 우리가 우연히 마주쳤을 때마다 소주는 안녕, 하고 말했다. 스마일 인형처럼 미소를 짓고 빨리 자리를 떴다. 하지만 스마일 가면도 서먹한 눈빛만은 숨겨 주지 못했다. 난생 처음으로 소주가 멀게 느껴졌다. 소주의 '안녕'이 '바이Bye'일지도 모른다는 불안감이 일었다.

중앙 공원에서 소주와 헤어진 다음날 오후, 아니 정확히는 그날 오후, 성탄 예배를 보고 집으로 돌아왔을 때 책상 위에서 내 책가방을 발견했다. 가방 안에는 이어폰과 엠피쓰리, 핸드폰이 들어 있었다. 이것들을 보자마자 소주와 만나고 싶었다. 집에 있던 막내 누나를 불렀다.

"소주 언제 왔다 갔어?"

"얼마 안 됐어. 한 5분 지났나?"

나는 재빨리 밖으로 나가 엘리베이터를 확인했다. 내가 방금 타고 온 한 대는 우리 집 층에 멈추어 있었고, 그 옆에 나란히 있는 한 대가 1층으로 내려가고 있었다. 소주가 먼저 1층에 도착하더라도 쫓아가면 따라잡을 수 있을 것이다.

예상대로 소주는 아파트 앞 대로변 보도 위를 걸어가고 있었다. 감색 코트와 털모자를 깊이 눌러쓰고 고개를 푹 숙인 채 터벅터벅. 소주의 걸음 소리가 가슴에 꽂히는 듯했다. 나는 달려갔다. 소주가 횡단보도 앞에서 멈췄다. 나는 소주의 어깨를 잡았다. 소주가 맥없이 돌아봤다. 코가 빨갰다. 무표정이 과장된 미소로 바뀌었다.

"안녕!"

소주의 입에서 김이 뿜어져 나왔다. 날이 추웠다. 내가 말을 꺼내기도 전에 소주가 신호등을 쳐다보았다.

"어, 파란불이다."

사람들이 길을 건너기 시작했다. 나는 소주의 팔을 잡았다. 소주가 나와 눈을 마주치고서는 신호등으로 눈길을 옮겼다. 나는 소주의 팔을 놓아주면서 말했다.

"새해 복 많이 받아."

크리스마스 날 오후, 나는 소주에게 새해 인사를 했다. 처음으로 소주 없이 새해를 맞을 것 같았다.

"응, 너도!"

소주가 미소를 지었다. 인형에 그린 스마일이 아니라 소주가 보이는 진짜 미소였다. 과장되게 손을 흔들고는 횡단보도 속으로 뛰어갔다.

그 다음날 소주는 학교에 나오지 않았다. 담임은 소주가 체험 학습을 갔다고 하면서, 방학 일주일 전부터는 체험 학습을 신청하지 말라고 했다.

방학식 날, 학교에서 소주와 마주쳤다. 소주는 또다시 어설픈 스마일 인형이었다. 미소를 지으며 안녕, 하고는 자리를 떴다. 그 후 학원과 독서실에서 동네에서 소주를 마주쳤을 때에도 마찬가지였다.

그러고 보니 소주와 나는 다니는 장소, 그곳을 지나는 시간, 그곳에 가기 위한 동선이 거의 같았다. 소주 없이는 내 유년기와 사춘기를 추억할 수 없었다. 그런 소주를 내가 아프게 했다. 좋아하는 이에게 거부당하는 아픔을, 사랑하는 이에게 사랑받지 못하는 슬픔을 누구보다도 잘 아는 내가, 소주에게 그 고통을 고스란히 안겨 주었다.

내가 좋아하는 사람에게 좋아한다고 말할 수 없고, 사랑하는 사람에게 사랑한다고 말할 수 없다는 걸 깨닫고부터 나는 혼자였다. 불안과 슬픔의 강 한가운데에서 홀로 서 있어야만 했다. 강 한가운데에서 떠내려가지 않기 위해서 밤마다 기도했다.

'제발 안 되길, 제발 안 되길, 제발 그런 사람이 안 되게 해 주세요.'

그러나 열여섯 살, 그런 사람은 '되는' 것이 아니라 처음부터 그런 사람'인' 것을 인정해야만 했다. 그러고 나서는 죄를 짓지 않게 해 달라고, 나를 용서해 달라고, 평생 수도자처럼 홀로 살 수 있게 해 달라고 기도했다.

"일찍 왔구나. 40분이나 달렸네."

건우 형의 목소리가 나를 현실 세계로 불러들였다. 요즈음 생각에 잠겨 다른 세계를 배회하는 일이 잦았다.

나는 트레드밀 위에서 걷고 있었다. 방학 때에는 거의 매일 이른 시간에 피트니스 센터에 와서 운동을 했다. 트레드밀의 속도를 줄였다. 목덜미가 땀으로 미끈거렸다. 등이 축축했다. 건우 형이 수건을 내밀었다. 나는 수건을 받았다. 건우 형의 손이 닿은 부분에 서늘한 아침바람이 묻어 있었다.

"일찍 일어나는 바람에요."

"좋아. 그 자세."

"밖에 많이 춥죠? 근데 트레이닝 복만 입고 온 거예요?"

"춥기는, 남자가 이 정도는 아무 것도 아니지."

건우 형은 늘 '남자'라는 말을 입에 달고 살았다. 그리고 건우 형은 요즈음 내 기도의 주인공이다.

"내려와. 시작하자."

나는 트레드밀을 세우고 내려왔다.

"좋아, 웜업이 잘 되었네."

건우 형이 내 등을 만지면서 열기를 확인했다.

"스쿼트 백 개."

건우 형이 진짜 백 개를 하겠다는 눈빛으로 자세를 잡았다.

"벌 받는 거잖아요. 백 개를 어떻게 해요?"

"진짜 남자라면 백 개 정도는 거뜬히 해야지. 이기는 사람이 아메리카노 사기다, 아이스로. 진짜 남자라면 한겨울 아침에 아이스 아메리카노 정도는 먹어 줘야지. 얼음을 우두

둑 우두둑 깨부수면서."

진짜 남자. 내가 '진짜 남자'인가? 나를 놀리려는 건우 형의 의도를 알아차렸지만 나는 적당히 받아치지 못했다. 굵고 딱딱한 건우 형의 허벅지와 넓고 단단한 등판에 주눅이 들고 말았다.

"자식, 겁먹기는. 설마 백 개를 시키겠냐?"

건우 형이 내 어깨를 두드리며 시작, 하고 외쳤다.

"하나, 둘, 셋, 넷……."

건우 형의 구령에 맞추어 무릎을 굽히고 앉았다 일어났다를 반복했다. 열 개를 끝내고, 다시 하나, 둘, 셋, 넷을 시작하여 또 열 개를 끝냈다. 내 속도는 점점 느려졌다.

"힘들어요."

"계속해."

"못하겠어요."

"아직 더 할 수 있어."

"형! 진짜 못하겠어요."

"자식, 엄살은! 그래야 몸이 만들어지는 거야."

내가 엄살을 부리고 있나? 나는 막내다운 애교가 있기는 했지만 막내다운 엄살을 부리는 성격은 아니었다. 그런데 내가 건우 형에게 엄살을 부리고 있었다.

스톱!을 외치며 나는 바닥에 주저앉았다. 내가 숨을 고르며 헉헉대고 있을 때, 건우 형은 그 우스꽝스러운 스쿼트 자세를 전혀 우스꽝스럽지 않게 소화해 냈다. 건우 형이 움직일 때마다 다리의 힘줄들이 성을 내고 파닥거렸다. 이 사람의 강인한 남성성이 나를 울적하게 했다.

레그 익스텐션으로 자리를 옮겼다. 앉아서 하는 거지만 스쿼트보다 쉽지는 않았다. 건우 형은 매번 내가 감당할 수 없는 무게로 추를 올렸고, 나는 양쪽 대퇴근의 힘으로 추를 들어 올려야 했다. 내 세 배의 운동을 해내고서도 건우 형은 지치지 않았다. 한결같은 목소리로 '남자라면'을 외쳤다. 나는 허벅지가 끊어질 듯한 고통을 느끼며 120파운드를 들어 올렸다. 건우 형이 내 허벅지에 손을 올렸다.

"여기 힘이 들어가지?"

건우 형이 자, 하나 더!를 외쳤다. 건우 형의 땀방울이 내 허벅지 위로 떨어졌다. 땀은 맹독처럼 내 피부 조직으로 스며들었다. 아릿했다. 나는 허벅지뿐만 아니라 온몸에 힘이 들어갔다.

"그만할래요."

다리를 힘껏 차서 바를 올렸다. 자리를 빠져나오자 바가 다시 떨어졌다. 120파운드의 내 불안이 쿵, 하고 추락했다. 나는 정수기로 가서 찬 물을 벌컥벌컥 들이켰다.

"그렇게 힘들었어?"

건우 형이 다가와 내 등에 손을 올렸다. 온몸이 움츠러들었다.

"씻고, 아침 먹자. 아이스 아메리카노는 외상으로 달아 놓고 밥부터 먹자. 이 형님이 쏜다."

이 사람, 또 그 좋아 보이는 웃음을 지으며 말했다.

"집에 가서 씻을게요."

"더러운 자식, 생긴 건 깔끔한데 씻는 건 안 한단 말이야."

건우 형이 새 수건을 던져 주고 샤워실로 갔다. 수건에서 락스 냄새가 났다.

건우 형을 따라 지하철역 근처 콩나물 해장국집으로 왔다. 훈훈하고 습한 공기가 몸을 데워 주었다. 고소한 냄새를 맡자 배가 고프기 시작했다. 건우 형은 자리에 앉기도 전에 둘이요, 하고 해장국을 주문했다. 곧 해장국이 나왔다.

"요즈음 네 여자 친구가 안 보인다."

건우 형이 콩나물 해장국에 청량 고추를 잔뜩 뿌리며 말했다.

"여자 친구 없어요."

"왜, 너 보러 교회 오는 작고 통통한 애."

건우 형이 청량 고추 접시를 건넸다.

"소주예요. 저번에 인사했잖아요."

"그래, 소주. 너 때문에 우리 교회 나오잖아."

"저 때문에 오는 거 아닌데요."

나는 청량 고추를 몇 젓가락 넣으면서 대답했다.

"뭘? 예배 시간에 너만 쳐다보던데……."

건우 형도 아는 걸 나는 모르고 있었다.

"아니에요."

청량 고추 접시를 내려놓으려다가 접시를 탈탈 털어 넣었다. 청량 고추가 해장국을 뒤덮었다.

"싸웠냐?"

"그건 아니고…… 제가 소주 마음을 좀 상하게 했어요."

"그래서 삐쳤어?"

"삐친 건 아니고, 그냥 좀 어색해요."

나는 한 박자 쉬고 말을 이었다.

"좀 아니고 많이."

"어찌 됐던 남자가 먼저 사과하는 거야."

건우 형이 숟가락으로 국밥을 가득 퍼서 입 안으로 밀어 넣었다. 국밥을 우적우적 씹었다. 남자답게. 나는 젓가락으로 국밥을 휘저었다. 내가 소주에게 할 말은 사과가 아니라 '고백'이었다.

"진심으로 사과해. 진심은 통하게 되어 있잖아. 어우 뭐래, 내가 말해 놓고도 낯간지럽다."

건우 형이 고개를 저으며 진저리를 쳤다. 정말 진심이 통하게 될까? 소주에게도, 당신에게도?

"많이 좀 먹어, 팍팍. 그래야 근육이 좀 붙지."

나는 건우 형처럼 숟가락에 국밥을 수북이 올리고 입에 넣었다. ……청량 고추를 다 넣지 말 걸 그랬다.

벨을 누르자 소주 어머니가 현관문을 열고 나왔다. 소주 어머니는 소주처럼 키가 작고 피부가 뽀얬다. 눈웃음이 따뜻한 분이었다.

"안녕하셨어요."

"어! 준영이 왔구나. 오랜만이다. 요새 왜 통 안 왔니?"

소주 어머니가 생기 가득한, 맑고 환한 눈빛으로 물었다. 언제나 말긋말긋하게 나를 바라보던 소주의 눈빛이 떠올랐다.

"네, 이것저것 좀 바빠서요. 소주는요?"

"소주 못 만났니? 학원 갔는데……."

"아, 네. 먼저 가서 기다리나 봐요."

소주는 나와 함께 등록했던 학원 강좌를 취소하고 다른 시간으로 변경했다. 어머니에게는 시간을 변경했다는 사실을 말하기가 곤란했을 것이다.

"이거 소주랑 같이 드세요."

나는 종이 봉투를 내밀었다.

"어머 우리 소주가 좋아하는 빵이네. 근데 뭐 하러 사 왔어? 그냥 오지."

"산 거 아니에요. 누나랑 같이 만들었어요."

"어머나 귀한 거구나. 잘 먹을게. 식구들도 잘 계시지?"

"네, 다들 잘 있어요. 그만 가 보겠습니다."

내가 만든 빵을 먹으며 소주와 자연스럽게 대화의 물꼬를 틀 수 있겠다고 생각했다. 그러나 소주와 나 사이가, 내가 생각했던 것보다 더 어렵게 될 것 같았다.

나는 오랫동안 소주가 사춘기 여자아이라는 사실을 알아차리지 못하고 있었다. 물론 소주도 아이돌에 열광하고, 화장을 하고, 펌을 하고, 염색을 하고, 교복 치마를 줄여 입는 보통 여자아이라는 사실을 보면서 자랐다. 하지만 소주가 제 또래 남자아이를 좋아할 수 있다고는 한 번도 생각하지 않았다.

나는 소주에게 부채감 같은 것이 있었다. 늘 소주를 속이고 있기 때문이었다. 또한 소주에 대해 너무 무심했다. 이제 소주에게 더 이상 빚을 져서는 안 된다. 소주에게 제대로 털어놓아야 한다. 설령 내 고백, 내 비밀, 내 진실이 소주를 더욱더 깊고 어두운 늪에 빠트릴지라도, 소주가 나를 더 차갑게 외면할지라도, 지난 10년 간 내 가족과 다름없었던 내 가장 소중한 친구를 잃을지라도, 말해야 한다.

나는 공원에 도착해서 소주에게 메시지를 띄웠다.

공원 광장 솔밭 벤치에서 기다릴게.

5분이 지나도 답이 없었다.

추워. 너 올 때까지 기다린다.

이번에도 소주는 묵묵부답이었다.

읽은 거 다 알아. 추워서 얼어 죽겠어.

드르륵, 드디어 핸드폰의 진동음이 울렸다.

얼어 죽든지 말든지.

소주였다. '지'에 액센트를 주고 미간을 찡그리는 소주의 얼굴이 떠올랐다. 웃음이 났다. 아, 하나님 감사합니다. 초조했던 마음이 안정되었다.

할 말 있어. 빨리 와.

못 가.

뭐 하는데? 바빠?

응.

얼굴을 보고 말해야 했다. 어떻게 해야 할지 망설이고 있을 때 소주에게 메시지가 왔다.

뭔데?

그게…… 미안해, 소주야.

됐어.

아니, 미안해, 정말. 너 때문이 아니야.

그만해라.

아니 해야 돼. 소주야, 너 때문이 아니야. 다 나 때문이야.

"야! 그만하라고!"

등 뒤, 솔밭에서 소주가 나왔다.

"어! 소주야."

나는 갑작스러운 소주의 출현에 할 말을 잃고 잠시 머뭇거렸다.

"너 언제 왔어?"

"뭐? 언제 왔으면?"

어쩔래, 하는 눈빛으로 소주가 무뚝뚝하게 물었다.

"아니, 나 너한테 할 말이 있어."

"하지 마."

"꼭 해야 돼. 들어줘. 부탁이야."

"됐어."

"아니, 해야 돼. 내가 잘못한 거야."

"내가 잘못했지. 그러니까 그만하라고."

"아니야, 다 내 잘못이야. 우선 자리에 앉아서 내 이야기를 들어줘."

"아니! 내가 잘못이지. 네가 무슨 잘못이 있어? 못생겼지, 뚱뚱하지, 키 작지, 공부 못하지, 밥 잘 먹고 빵 잘 먹는 거 외엔 잘하는 일도 없지. 힘만 세지, 내가 어디 너랑 어울리기나 하겠어?"

소주가 입술을 비죽거리며 한숨을 쉬었다.

"그런 거 아니야."

"됐어. 내가 미안해. 나 때문에 너 어색하게 만들고."

"너 때문이 아니야. 모두 나 때문이야. 소주야, 정말 미안해."

"야! 김준영!"

소주의 목소리가 커졌다.

"너는 진짜로 날 비참하게 만드는구나."

소주의 눈이 발갛게 번졌다. 말간 물기가 차올라 왔다. 그 발갛고 말간 것이 방울이 되어 떨어졌다. 소주가 등을 돌리고 달아났다. 나는 생전 처음 보는 소주의 눈물에 어쩔 줄 모르고 서 있었다. 소주의 모습이 시야에서 사라졌다. 인적 드문 공원에는 겨울바람만이 스산했다.

고민과 상념으로 새벽녘까지 잠들지 못했다. 어젯밤 내 머릿속을 더욱 어지럽히며 추적거리던 비는 그쳤다. 2월 4일 쌀쌀한 입춘에 내리는 비. 봄비라고 해야 할까, 겨울비라고 해야 할까, 쓸데없는 생각을 하다가 이어폰을 꽂고 음악을 켰다. 퀸의 '유얼 마이 베스트 프렌드You're My Best Friend'라는 노래가 흘러나왔다. 콜라를 마시고 취한 듯 '오 유얼 마이 베스트 프렌드'를 열창하던 소주가 생각났다.

일주일 전 공원에서 소주를 보낸 후, 다시 만나지 못했다. 소주를 따라가서 사실을 털어놓아야 했다고 수백 번 자책하고 후회했다. 하지만 이제 소주를 다시 만나면 아무 말도 할 수 없을 것 같았다.

다른 날보다 한 시간이나 일찍 집을 나섰다. 등굣길은 한산했다. 교문 앞에도 생활 지도부 선생님이나 선도부원이 나와 있지 않았다. 교문을 들어서자 정면에 있는 철봉대가 눈에 들어왔다. 체육복 바지가 대롱대고 있었다. 소주였다. 나는 철봉대를 향해 걸어갔다.

인기척이 들렸을 텐데도 소주는 눈을 감고 있었다. 이 아이는 왜 이렇게 겁이 없는지, 열두 살 때 모습 그대로였다.

"야! 너네들 다 죽었어. 비켜!"

6학년 몇 명이 5학년이었던 나를 에워싼 적이 있었다. 무슨 이유였을까? 그들은 나에게 '재수 없는 자식'이라고 했던 것 같다. '밥맛없이, 계집애 같이'라고도 했다.

소주는 목구멍으로 침만 삼키고 있던 나를 보고 고함을 지르며 달려왔다. 그때 소주는 내 키와 비슷했다. 6학년들은 도망쳤다. 대단한 싸움을 벌일 듯한 소주의 기세에 눌린 건 아니었다. 선생님 오셔,라는 소주의 거짓말 덕분이었다.

"강소우주."

오랜만에 '소우주'라고 불렀다.

"……."

"겁도 없이. 이른 아침에 혼자서 뭐 하는 거야? 나쁜 사람들이 얼마나 많은데……."

소주는 여전히 눈을 감은 채 답이 없었다.

"미안해."

말을 내뱉은 순간 아차 싶었다. 하지만 내가 소주에게 할 수 있는 말이 미안해, 말고는 없었다. 지난번처럼 소주의 마음을 또 상하게 하지 않았는지 마음 졸였다.

"턱걸이 내기해. 이긴 사람이 진 사람 뒤통수 열 대 때리기."

소주가 침묵을 깨고 철봉을 반 바퀴 돌았다. 체육복 위에 걸친 소주의 짧은 교복 치마가 발라당 뒤집어졌다가 제자리를 잡았다. 턱걸이는 소주가 잘하는 장기였다. 소주 아버지는 어렸을 때부터 소주 오빠와 소주에게 똑같이 턱걸이 연습을 시켰다고 했다.

"네가 이길 게 뻔하잖아."

소주는 말없이 자세를 잡고 시작,을 외쳤다. 소주의 머리가 꼭두각시 인형처럼 철봉 위아래로 오르내렸다. 나도 철봉을 잡았다. 그동안 나는 소주가 다리를 잡아 줘서 열 개를 넘기곤 했다. 혼자서는 다섯을 넘기기가 어려웠다. 팔 힘보다는 등 근육의 힘으로, 하나 더! 하던 건우 형의 목소리가 들려왔다. 팔 힘이든 등 근육의 힘이든, 나는 일곱을 채우지 못한 채 바닥에 떨어지고 말았다. 잠시 숨을 고른 뒤 일어났다. 바지를 털었다. 그래, 열 대에 소주의 마음이 풀린다면 기꺼이 맞아 주자.

소주는 여전히 오르락내리락 하고 있었다.

"그만해. 내가 졌어."

내 항복 선언을 듣고, 소주가 철봉을 놓았다. 바닥에 철퍼덕 주저앉아 헉헉댔다.

"일어나. 옷 버리잖아."

나는 손을 내밀었다. 소주가 내 손을 잡았다. 작고 따뜻한 소주의 손. 아버지에게 야단을 맞았을 때, 시험을 못 봐서 시무룩해 있을 때, 피아노 연주가 잘 안 돼서 실망했을 때, 할머니가 돌아가시고 슬픔에 겨워 있을 때 소주는 이 작고 따뜻한 손을 내밀어 주었다. 내 가장 소중한 친구, 강소우주.

소주는 손바닥을 마주 비벼 털고는 벤치에 앉았다. 내가 벤치에 앉자 소주가 나를 바라보았다. 오랜만에 소주의 눈빛을 정면으로 응시했다.

"자, 때린다. 울지 마라."

소주가 내 머리를 향해 손바닥을 쫙 펴고 말했다. 소주의 손바닥이 내 뒤통수를 향하여 날아오는 것을 느꼈다. 나는 눈을 질금 감아 버렸다. 그런데 소주의 장풍은 너무 부드러웠다. 소주가 내 머리를 가볍게 쓰다듬었다.

"내 베스트 프렌드, 김준영, 고마워."

내가 하고 싶은 말을 소주가 대신하고 있었다. 이 녀석, 나보다 30센티나 작으면서 철은 나보다 30킬로나 더 들어 있었다.

"뭐야, 깡쏘, 때리려면 확실하게 때려야지."

"그래? 너 죽었어. 이번에는 진짜 때린다."

나는 소주를 향해 고개를 돌리며 말했다.

"나 게이야."

앗! 내 뒷덜미를 향한 소주의 주먹이 날아오고 있었다. 내가 말을 뱉는 동시에 소주의 주먹이 내 안면을 가격했다. 하이 릴 훅이었다. 몸통이 비틀리면서 나는 바닥으로 고꾸라졌다. 얼굴을 맨땅에 처박았다. 간밤에 비가 뿌린 축축한 기운이 내 빰에 스며들었다. 입춘에 내리는 비는 봄비가 아니었다. 겨울비였다. 빰이 너무 시렸다.

뽀뽀는 생크림처럼

강소우주.

준영이가 내 이름을 불렀다. 또 눈물이 나올 뻔했다. 철봉에 거꾸로 매달려 있지 않았다면 눈물을 보이고야 말았을 테다. 우중충한 하늘이라도 보길 잘 했다. 거꾸로 매달려 하늘을 보면 눈물이 방향을 바꾸어 눈 속으로 쏙 들어간다.

아침 하늘은 시멘트 콘크리트를 부어 놓은 것 같았다. 콘크리트 하늘은 어젯밤 내린 비로 눅눅히 젖어 있었다. 인기척이 들렸다. 준영이일 것이다. 보지 않았지만 알 수 있었다. 나는 눈을 감았다. 아직은 준영이를 만날 준비가 되어 있지 않았다.

눈을 계속 감고 있을 걸 그랬다. 진중하고 진득하지 못한 내 성격 탓이었다. 눈을 떠 버렸다. 잿빛 하늘을 배경으로 나를 내려다보고 있던 준영이의 검은 눈동자를 마주하고야 말았다. 준영이의 눈동자에서 별이 반짝, 빛났다.

그리고…….

그 별은 시멘트 콘크리트 속으로 매몰되어 버렸다. 영원히.

준영이가 맨땅에 얼굴을 묻고 가만히 있었다.

"너 괜찮아?"

나는 바닥에 주저앉아 준영이를 흔들었다. 준영이가 몸을 일으켜 바닥에 앉았다. 나는 준영이의 얼굴부터 확인했다. 벌겋게 붓지는 않았지만 뺨이 차가웠다. 입술이 파리했다.

"얼굴을 돌리면 어떡해?"

나는 하고 싶은 말을 또 못하고 말았다. 미안해,였는데.

"넌 괜찮아?"

준영이가 쓰라린 듯 얼굴을 찡그리고 물었다. 내 주먹을 맞고 땅에 얼굴을 처박기까지 했으니 얼마나 아팠을까.

"많이 아프지? 그러니까 얼굴을 왜 돌려 가지고……."

"소주야, 나 게이라고."

"어?"

"나, 게이라고."

"알아."

"알아?"

뭐 별거라고.

"게이. 게시판 이용자잖아, 너."

준영이가 한숨을 내쉬었다.

"게이. 남자를 좋아하는 게이야."

"아……."

나는 입을 벌린 채 가만히 있었다.

게이. 동성애자.

"다른 데 돌려 봐. 뭐 이딴 걸 보고 있어? 밥맛 떨어져."

리모컨을 빼앗아 채널을 돌리던 깡때우주, 강대우주, 오빠의 목소리가 귓가에 스쳤다.

"놔 둬. 저 엄마는 얼마나 속상할까? 얼마나 마음이 아프겠니?"

쯧쯧쯧, 혀를 차던 엄마의 목소리도 귓전에 맴돌았다.

"게이……?"

"응. 게이."

"어, 그래."

"너 괜찮아?"

"어."

준영이가 걱정스러운 표정으로 나를 보았다.

"그랬구나."

나는 고개를 끄덕였다.

"……."

"그랬어. 그랬구나."

"소주야!"

"그래. 너 게이라고."

"소주야, 너 괜찮아?"

"어."

"너 진짜 괜찮아?"

"응. 나 괜찮아."

아니, 괜찮지 않다. 준영이를 안 지 10년이다. 강산이 변한다는 그 10년. 10년 동안 준영이는 변함없이 내 곁에 있었다. 대략 3,650일 87,600시간 5,256,000분 315,360,000초의 시간 동안 준영이는 일반 남자아이로 내 곁에 있었다. 남자인 준영이가 남자를 좋아할 리가 없다. 준영이는 많은 여자에게 사랑 받을 수 있는, 매력적인 남자이다.

컴퓨터 모니터에서는 남자 배우가 그림처럼 아름다운 프로필 실루엣을 드러내고 먼 곳을 응시하고 있었다. 검은 배경, 검은 눈동자, 검은 상의와 넥타이가 오묘한 아름다움을 만들어 내고 있었다.

중학교 2학년, 만우절 날이었다. 국어 시간에 몇몇 아이가 옆 반 아이와 자리를 바꾸어 앉았다. 몇 분 지나지 않아서 선생님은 눈치를 챘다. 우리는 책상을 두드리며 웃어댔다.

"오늘은 슬픈 날이야. 선생님이 사랑하는 사람이 죽은 날이거든……. 호텔에서 투신했어. 거짓말처럼."

투신, 자살. 선생님의 말에 교실은 잠시 잠잠해졌다. 하지만 에이, 거짓말이죠? 만우절이잖아,라는 누군가의 목소리와 함께 다시 소란스러워졌다. 선생님은 여전히 진지한 표정으로 진짜야,라고 말했다.

선생님의 말은 '진짜'이긴 했다. 그 남자가 선생님을 사랑하지 않았다는 반전이 있었지만. 그 남자는 2003년 4월 1일, 홍콩 만다린 오리엔탈 호텔 24층에서 몸을 던져 선생님을 비롯한 많은 이들의 가슴에 영원한 별로 묻힌, 스타 배우였다. 이 남자는 게이로 알려져 있었고, 투신 무렵에 동성 애인과 사이가 좋지 않았다는 소문이 있었다.

당시에는 아무렇지 않게 흘려 보낸 남자의 사연이 오늘은 송곳처럼 가슴을 콕콕 찔러 왔다. 나는 남자의 눈을 오래도록 응시했다. 바라볼수록 정체 모를 슬픔이랄까, 아픔이 밀려오는 듯했다. 인터넷 창을 닫아 버렸다. 다른 창에는 준영이가 좋아한다는 가수 프레디 머큐리의 사연이 소개되어 있었다. 그는 1991년에 에이즈 합병증으로 사망했다.

프레디 머큐리 창을 닫자 포털 사이트 화면이 나타났다. 나는 손가락 끝으로 자음 한 자 모음 한 자에 힘을 주며 '게이'라는 글자를 만들어 넣었다. 검색을 클릭했다. 전 게이인데요, 친오빠가 게이인데요, 제가 게이라서 힘듭니다. 제가 게이인가요? 제 친구가 게이인가요? 내 남자 친구가 게이인 것 같아요. 이 남자, 게이는 아니겠죠? 게이 같은, 반 친구는 피해야 하나요? 친구한테 게이라고 말해도 될까요? 등의 문장이 진파랑 옷을 입고 나타났다. 마우스를 한참 내려야 할 만큼, '게이'라는 글자가 긴 페이지를 채우고 있었다.

백과사전을 클릭했다. '게이, 남녀 동성애자를 긍정적으로 일컫는 말로, 주로 남성 동성애자를 지칭한다. 게이Gay라는 말은 영어이며, '즐거운, 유쾌한, 기쁜, 행복한' 등의 사전적 의미를 가지고 있다. 동성애, 동성의 상대에게 감정적 사회적 성적인 이끌림을 느끼는 것으로, 동성애자는 이러한 감정을 받아들여 스스로 정체화한 사람을 뜻한다'라고 사전은 정의하고 있었다.

이러한 감정을 받아들여 스스로 정체화한 사람을 뜻한다고? 도대체 준영이는 언제 이러한 감정을 받아들여 자신을 게이라고 정체화했단 말이지? 준영이는 어째서, 어떻게, 전혀 즐겁지도 유쾌하지도 기쁘지도 행복하지도 않았을 게이가 되었단 말이지?

머릿속이 복잡했다. 컴퓨터를 껐다. 침대에 누웠다. 가장 중요한 문제가 생각났다. 게이 충격으로 잊고 있었던 가장 중요한 문제. 준영이는 괜찮은 걸까?

"준영아, 너는 괜찮아?"

"뭐가?"

우리는 공원을 가로지르며 집으로 돌아가고 있었다. 고3이 되어서도 준영이와 나는 같은 반이 되었다. 개구리가 겨울잠을 깨면서 봄이 왔다고 알리는 경칩이 지나고, 겨울 내내 짧았던 낮의 길이가 밤의 길이와 같아지는 춘분도 지났건만, 아침저녁으로 날은 흐리고 추웠다. 하늘에는 별 한 줌 없었다.

"네가 게이인 게 괜찮냐고?"

"괜찮지 않아."

"……."

괜한 걸 물어봤다. 내가 대화를 잇지 못하고 미적거리고 있을 때, 준영이가 말했다.

"부모님도 걱정되고, 누나들도 걱정되고……. 또 내가 아웃팅, 그러니까 게이라는 사실을 들키게 될까 봐 불안하고, 또 내가 게이라는 사실이 알려졌을 때 부모님이며 친구들이며 선생님이며 또 나를 좋아하던 사람들이 나를 싫어하게 될까 봐 무서워."

준영이에게 미안했다. 준영이는 늘 웃는 얼굴로 이렇게 불안해 하고 있었는데 무서워하고 있었는데, 나는 한 번도 준영이의 두려움을 눈치채지 못했다.

"걱정하지 마. 아무도 모를 거야. 너랑 가장 가깝게 지내던 나도 몰랐잖아."

"하지만 부모님이랑 누나들을 영원히 속일 수는 없어."

"가족들에게 말하려고?"

"때가 되면, 아마도."

"그 때가 언제쯤인데?"

"음……, 예쁜 아가씨랑 선봐서 빨리 장가가라고 할 때?"

준영이가 눈을 가늘게 오므리고 눈웃음을 지었다.

"넌 그럼 평생 결혼은 못해?"

"대학을 졸업하면 미국으로 갈 거야. 거기서 결혼하고 싶을 만큼 사랑하는 사람을 만난다면 결혼을 할지도 모르지. 미국에는 동성 결혼이 허용되는 곳이 있거든."

"그럼 자식은 없는 거야?"

"동성 부부들은 입양을 하기도 하는데 거기까지는 아직 잘 모르겠어."

"그렇구나. 그럼 넌 미국에서 영원히 살 수도 있겠네."

"그래야겠지."

서운했다. 준영이와 멀리 떨어져 산다는 생각은 한 번도 해보지 않았다. 준영이가 언젠가는 이곳을 떠나 미국에서 정착한다고 생각하니 가슴이 축축해져 왔다.

준영이의 눈을 바라보았다. 며칠 전 인터넷에서 찾아본 투신한 배우의 눈이 떠올랐다. 그 배우의 눈을 응시하면서 느낀 정체 모를 슬픔과 아픔이 되살아났다. 그 슬픔의 정체는 준영이었다.

"우리나라도 달라지면 돌아올 거야."

준영이가 내 얼굴을 보며 덧붙였다.

"너 언제부터 게이가 된 거야?"

"음, 게이가 된 건 아니고 태어날 때부터 게이였겠지. 어딘지 모르게 내가 다른 남자아이들과는 좀 다르다고 느끼면서 자랐던 것 같아. 그러다가 중3 때 시애틀에서 내가 게이라고 확실히 알게 됐지."

준영이는 중학교 3학년 때 아버지를 따라 미국 시애틀로 건너갔다. 그때 교포 3세인 남자아이를 좋아했다고 한다.

"처음엔 그냥 친구로서 좋아하는 줄 알았어. 아니 친구로서 좋아해야만 했으니까 그렇게 믿고 싶었을 거야. 그런데 내 감정이 친구들 사이에서 느끼는 우정이 아니라 정말 좋아하는 감정이라는 걸 깨닫게 됐어. 진짜 첫사랑이 찾아온 거지. 처음에는 외로워서 그런 거라고, 너무 외로우면 그럴 수 있다고, 내 감정을 부인했어."

준영이는 매일 밤 울면서 기도했다고 한다. 제발 게이가 아니게 해 달라고, 제발 일반 남자가 되게 해 달라고. 하지만 준영이가 바라던 기도의 답은 오지 않았다.

"그 애는 미국에서 태어나고 자랐기 때문에 얼마 지나지 않아 내가 게이라는 걸 알아차렸어. 나와 거리를 두기 시작했어. 자연스레 내 주변에는 게이 친구들이 모이고, 나는 그 애들과 어울리게 됐지. 그리고 내가 게이라는 사실을 결국 받아들이게 됐어."

"미국 사람들도 게이를 싫어해?"

"응. 한국 사람들보다는 덜 하지만 미국에도 게이를 싫어하는 사람들이 있어."

"부모님들도?"

"역시 한국 부모님들보다는 덜 하겠지만 싫어하는 부모님도 있어. 내 친구는 가족들에게 커밍아웃을 했는데, 어머니는 당장 '게이 자식을 둔 부모 모임'에 가입해서 내 친구를 지지해 주셨대. 그런데 공화당인 아버지는 못마땅해 하신대. 그래도 그 친구가 부러워."

"왜? 커밍아웃이라도 할 수 있어서?"

"응. 나로서는 엄두가 안 나. 언젠가는 해야겠지만……."

"때가 되면?"

"응, 때가 되면……."

그런데 준영아, 그 '때'라는 거 오지 않을 수는 없을까? 난 네가 남들처럼 쉽게 살았으면 좋겠어. 나를 좋아하지 않아도 괜찮아. 다른 남자들처럼 여자 친구도 사귀고, 사랑하는 사람도 만나고, 결혼도 했으면 좋겠어. 진심이야.

그러나 나는 준영이에게 진심을 전하지 못하고, 김준영, 하고 불렀다.

"미국 가서 사랑을 하든 결혼을 하든, 그 전에 여자의, 아니 남자의 고백을 거절하는 법부터 배워."

준영이가 빰을 쏙 밀어 넣었다.

"너 내가 저번에 왜 화났는지 아직도 모르지?"

"응. 너 내가 미안하다고, 다 내 잘못이라고 하는데 도대체 왜 화냈던 거야?"

"인터넷에 물어봐. 연애 라이프 밀당 칼럼 블로그라도 좀 읽든지. 학교에서 가르쳐 주지 않는, 우리가 알아야 할 가장 중요한 지식은 인터넷에 다 있다고."

요즈음 나는 인터넷을 켜면 습관적으로 검색어 '게이'를 치고 게시물들을 읽는다. '게이'에 관한 질의 응답은 십만 건을 훌쩍 넘기고 있었다. 당장 헤어지세요. 여성스럽다고 다 게이는 아니에요. 직접 물어보세요. 님 힘드시겠네요, 등 차고 넘쳤다. 남자 친구의 방에 게이 포르노 잡지가 있었다는 한 여자의 고민에 여러 개의 댓글이 달려 있었다. 댓글을 스크롤 하다가 손가락을 멈추었다. 스킨십을 해보세요,라는 댓글이 눈에 띄었다. 딸깍, 하고 불이 들어왔다. 어두운 머릿속이 환해졌다.

댓글을 단 사람은 남자였다. 자신도 어릴 때 게이일까 아닐까를 고민하다가 여자 친구와 스킨십을 해보고, 게이가 아니라는 걸 확신했다고 한다.

준영이는 여자와 스킨십을 해봤을까. 그러고 보니 준영이는 다른 남자아이들에 비해서 여자아이들과 어깨를 치거나 손바닥을 부딪치는 스킨십이 자연스러운 편이었다. 준영이가 게이라서 그랬던 걸까. 아니면 미국에서 태어나고 자라서 그런 걸까. 어쩌면 막둥이 외아들로서 누나들에게 귀여움을 받고 자랐기 때문에 여자아이들이 더 편할지도 모른다.

"선생님, 현우 책상에 남자 사진 붙어 있어요."

"벗은 사진이래요."

"현우는 게이래요."

"야, 박현우, 남자가 남자를 좋아하냐?"

수업 분위기가 못 견딜 정도로 가라앉을 때면 아이들은 마법 가루처럼 농담을 뿌려 분위기를 띄우곤 했다. 그 중 하나가 이런 류의 농담이었다.

"현우야, 남자가 좋아? 상담 선생님 좀 뵈어야겠구나."

선생님의 대꾸에 아이들은 웃으며 졸음을 쫓았다. 하지만 나는 이제 이 아이들과 함께 웃을 수 없었다. 진짜 '남자'를 좋아하는 준영이의 마음에 생채기가 나지 않을까, 준영이의 마음이 아프지 않을까, 준영이가 괜찮을까, 걱정이 되었다.

가끔씩 동성애가 아이들의 장난이나 농담의 화제가 될 때마다, 건전한 이성 교제가 선생님의 훈화 주제가 될 때마다 나는 준영이의 웃는 얼굴이 마음에 쓰였다. 말없이 미소만 짓고 있는 준영이를 보면 오히려 불안해졌다. 저러다가 준영이의 상처가 아무도 모르게 곪아서 터져 버리지는 않을까 걱정이 되었다.

나는 게시물을 검색하면서 준영이가 잘못 알고 있을지도 모른다는 희망을 품었다. 준영이는 아직 여자를 제대로 사귀어 본 적이 없어서 그럴지도 몰랐다. 준영이는 여자아이와 제대로 된 스킨십을 해보지 않았다.

나는 혹시 19금 검색어에 걸리지 않을까 염려하면서 '키스하는 법'을 검색란에 넣었다. 검색이 안 되면 인생에 별 도움이 안 되는 오빠라는 인간, 깡때우주 주민번호를 도용해야겠다고 생각했다.

다행히 성인 인증은 필요 없었다. 하면 저절로 알게 됩니다. 소프트 아이스크림을 맛있게 먹는 것처럼 해보세요. 본능에 충실하세요. 생크림을 녹여 먹듯이 해보세요. 추파춥스를 먹으면서 연습해 보세요, 등 쓰잘머리 없는 답변밖에 없었다.

이렇게 중요한 문제는 도대체 어디서 누구에게 배워야 할까. 나는 노트북 덮개를 닫아 버렸다.

무대 위에서 건반 하나하나에 무게를 주며 프레디 머큐리가 '잇츠 어 하드 라이프It's a Hard Life'*를 부르고 있었다. 준영이도 프레디가 되어 노래를 따라 불렀다. 엄마가 김밥을 싼다고 해서 준영이와 나는 집으로 저녁을 먹으러 왔다. 우리는 집에 온 김에 주말이라는 핑계로 놀고 있었다.

"간식들 먹어."

엄마가 케이크와 딸기를 가지고 내 방으로 들어왔다.

"준영이는 팝송 들으면서 영어 공부하는구나."

우리 딸은 만날 춤추는 남자애들 노래만 부르는데, 하는 가시가 돋아 있었다. 나는 준영이보다 먼저 대답했다.

"준영이는 영어 공부할 필요도 없거든."

"그냥 쉬는 거예요."

* 힘든 삶이에요.

준영이가 보조개를 예쁘게 피우며 말했다.

"그래, 준영이는 좀 쉬어도 되지. 준영이 많이 먹어라."

엄마가 준영이에게 포크를 쥐여 주며 나에게 눈을 흘겼다. 넌 살찌니까 케이크는 입에도 대지 말라,는 경고였다. 접시에는 생크림 케이크가 한 조각밖에 없었다. 하얀 생크림 케이크 위에 왁스를 바른 듯이 반드르르한 귤 알맹이가 새초롬하게 앉아 있었다.

"이거 보고, 우리 오빠들 거 보자."

"오케이."

나는 실연의 아픔을 달래 준, 우리 오빠들의 노래를 생각하면서 준영이를 힐끔댔다. 그러고 보니 준영이는 다른 남자아이들처럼 걸 그룹과 사랑에 빠진 적이 없었다. 남자아이들이 돌려 보는 여배우의 사진이나 외국 모델의 화보집에도 열광하지 않았다. 나는 준영이가 모범생이라서 그런 줄로만 알았는데 준영인 정말 그들에겐 관심이 없었던 것이다. 앞으로 이렇게 준영이가 게이라는 사실을 인정해 가야만 할까.

준영이는 딸기 몇 개를 먹고는 다시 프레디 머큐리가 되어 흥얼거렸다.

"너 케이크 안 먹지? 나 다 먹는다."

나는 케이크는 숟가락으로 퍼먹어야 한다고 생각하며 포크로 케이크를 가득 떠서 입 안에 넣었다. 입 안에서 생크림이 사르르 녹았다.

생크림 때문이었을까? 나는 뮤직 비디오에 몰두해 있는 준영이를 바라보다가 그 아이의 입술을 향해 얼굴을 들이밀었다. 정확히는 준영이의 입술에 내 입술을 처박았다. 눈을 감아 버렸다. 생크림을 녹여 먹듯이 해보라는 지식이 쓰잘머리 없는 건 아니었다. 준영이의 입술과 내 입술이 부딪치는 순간 입술에서 생크림이 녹는 느낌이 났다. 아, 느낌이 아니라 진짜 생크림이 녹고 있었다. 뮤직 비디오가 멈추었을 때 나는 입술을 뗐다. 잠잠했다. 나도, 준영이도, 프레디 머큐리도, 이 방도. 모든 것이 잠잠했다. 침묵을 깬 건 준영이었다.

"깡쏘주, 너 생크림 묻히고 콧구멍에다 뽀뽀하면 남자들 다 도망간다."

정신을 차리고 준영이를 보았다. 준영이의 코가 생크림 범벅이었다. 아, 이번엔 생크림에 처박혀서 기어 나오지 말아야 했다.

"아임 베리 쏘리."

나는 준영이에게 꾸벅 절을 하며 되도 않은 영어를 했다. 그래, 생크림 때문이다. 생크림 케이크를 보고 내 눈이 뒤집히고 창자가 뒤틀렸다. 준영이는 폭소를 터뜨렸다. 책상 위에 있는 티슈를 가져와 내 입에 붙여 주었다. 그리고 제 코를 닦았다.

"미안해, 나는 그냥 네가 착각했을 수도 있다고 생각했어."

준영이가 웃었다.

"난 게이야. 온갖 짓을 다 해봤어. 그럼에도 변하지 않는 사실은, 내가 게이라는 점이야. 한 떨기 '수선화 같지 않은' 게이."

준영이가 알 수 없는 말을 하고는 미소를 지었다.

"수선화 같지 않은?"

"프레디 머큐리가 한 말이야. 그는 자신을 '수선화 같은 게이'라고 말했지만, 미국에서는 여성스러운 게이를 조롱할 때 '수선화'라고 한대. 프레디가 이 인터뷰를 할 때 수선화 한 송이를 들고 나왔대."

"하지만 넌 아닐 수도 있잖아. 네가 여자 친구를 사귀어 보면 달라질 수도 있어."

"나 여자아이랑 사귀어 봤어."

"뭐?"

나는 웃을 수도 울 수도 없는, 애매한 표정을 지을 수밖에 없었다.

"나도 내가 게이가 아니길 바랐어. 너보다 훨씬 더 간절하게."

"………."

"그래서 여자아이도 사귀어 보고 키스도 해봤어."

"………"

"그런데 아무런 느낌이 없었어. 그냥 내 손등에 내가 뽀뽀를 하는 느낌이었어."

준영이는 자기 손등에 입술을 갖다 대며 이런 느낌이라고 말했다.

후유, 나는 작게 한숨을 내뱉었다.

"소주야, 나는 게이가 된 게 아니라 게이로 태어난 거야."

게 이 로 태 어 난 거 야.

한 자 한 자 준영이가 내뱉는 음절이 내 마음속에 오목 새겨졌다.

"응."

가슴이 저려 왔다. 준영이가 내 눈을 응시하면서 말했다.

"그리고 넌 내가 사랑하는 가족이야."

"응."

나는 천천히 고개를 끄덕였다. 가족. 그래, 준영이와 나는 가족이다. 준영이가 누구든, 어디에 있든, 무엇을 하든, 그 진실은 변치 않을 것이다.

"근데 너 여자 친구는 언제 사귄 거야? 이 의리 없는 놈아, 나한테 말도 안 하고."

알았어, 준영아. 네가 나보다 더 많이 힘들었구나. 미안해, 라는 말 대신에 나는 준영이를 잡아먹을 듯이 노려보며 명랑한 목소리로 말했다.

"근데 너 콧구멍에 뽀뽀하는 것도 인터넷에서 배운 지식이야?"

준영이가 내 머리를 톡 건드리며 웃었다.

"아, 몰라."

망할 놈의 인터넷 지식. 어쩐지 쓰잘머리 없는 것만 있더니……. 나는 부끄러워 얼굴을 들지 못하고 딸기만 꾸역꾸역 삼켰다.

"이런 건 경험이 중요한 거야. 앞으로 내가 오빠다. 남자 친구한테 뽀뽀하기 전에 이 오빠한테 물어보고 해라."

"그래? 넌 언제 해봤는데?"

나는 고개를 쳐들고 따지듯이 물었다.

준영이는 아직은 비밀이라고 말했다.

나는 준영이를 보았다. 준영아, 넌 앞으로 얼마나 오랫동안 힘든 싸움을 해야 하는 거니? 그리고 기도했다. 준영이의 싸움이 힘들지 않기를, 길지 않기를.

위대한 광대

헤어 왁스에서는 달콤한 과일 향이 났다. 왁스 통 겉에는 바닐라 향이라고 쓰여 있었지만 분명 바닐라 냄새는 아니었다. 바닐라보다 훨씬 달콤하고 감미로운 냄새였다. 내 마음에는 들었지만 '남자'에게는 어울리지 않는 냄새였다. 오늘은 머리부터 발끝까지 아무런 향이 없는 게 더 좋을 것 같았다.

작은 누나가 욕실에서 나오자마자 나는 욕실로 뛰어들어갔다. 머리를 다시 감았다. 드라이어의 시원한 바람으로 머리를 말리고 더운 바람으로 스타일을 만들었다. 앞머리가 앞으로 흘러내렸다. 자연스러워 보였지만 남자답지는 않았다. 결국 달콤한 과일 향 왁스를 다시 집어 들었다. 조금만 덜어 내서 앞머리를 세우고 힘을 주었다. 짧게 선 머리카락에서 윤이 번득였다. 훨씬 힘 있어 보였다. 나는 욕실을 나갔다.

"쭌, 어디 가? 왜 이렇게 멋을 부려?"

작은 누나가 출근 준비를 하다가 방문 사이로 얼굴을 내밀었다.

"데이트 가나 보지."

이제 막 일어난 막내 누나가 머리를 각설이처럼 풀어헤치고 대답했다.

"뭐? 쭌이 여자 친구 있어?"

작은 누나가 방에서 나왔다.

"있겠지. 저러고 남잘 만나겠냐?"

"누구야? 어떤 앤데?"

작은 누나가 머리에 세팅 롤을 주렁주렁 매단 채 물었다.

"없어."

작은 누나가 내 방까지 따라 들어왔다.

"언제부터 만났어?"

"없다니까."

"그럼 이렇게 예쁘게 하고 남자를 만나러 가? 누나한테만 말해."

"오늘 개교기념일이라서 건우네 학교 구경 간단다."

주방에서 식사 준비를 하고 있던 어머니가 대신 대답했다. 하지만 작은 누나는 어머니의 말을 흘려 넘겼다. 제 말만 계속 했다.

"여자 친구 사귀면 누나한테 꼭 말하고 보여 줘야 돼. 너는 순진하고 착해서 아무나 사귀면 안 돼. 알았지?"

나는 순진하지도, 착하지도 않은데……. 작은 누나의 말이 마른 모래 알갱이처럼 가슴속에서 서걱거렸다.

"누나."

"그래, 어떤 애야?"

작은 누나의 눈빛에 한층 생기가 돌았다.

"아이 라이너 번졌다."

"이 봐, 너 이렇게 섬세하고 자상한데 진짜 착하고 좋은 애 만나야 돼. 너처럼."

내 여자 친구를 걱정하는 작은 누나와, 제 남자 친구를 걱정하는 막내 누나와, 누나들의 남자 친구를 걱정하는 엄마를 뒤로 하고 집을 나섰다. 엘리베이터 앞에 섰다. 은색 엘리베이터 문에 내 전신이 희미하게 비쳤다. 엘리베이터를 타니 거울 속에 비친 내 상반신이 눈에 들어왔다. 아무래도 왁스를 바르지 말 걸 그랬나. 너무 모양을 낸 것 같았다.

"안녕하십니까."

건우 형이 내게, 아니 정확히 말하자면 우리에게 다가와 어머니에게 건넨 첫마디였다. 나는 어머니와 마트에 다녀오던 길이었다. 어머니는 목사님과 사모님께 소식을 들었다며 건우 형을 반겼다. 건우 형은 제대를 한 지 얼마 되지 않았다.

"준영이 못 본 사이에 키가 많이 컸네요."

"안녕하세요."

나는 건우 형에게 엉거주춤하게 몸을 숙여 인사를 했다.

"하하. 어렸을 땐 나한테 존댓말 안 했는데……."

"아, 네……."

건우 형은 표정도 음성도 밝았다. 우리 안부를 물으며 어머니와 자연스레 대화를 나누었다. 나는 아, 네…… 외엔 딱히 나눌 말이 없었다. 건우 형과 헤어지고 집으로 돌아오면서 몇 마디라도 더 할 걸, 하고 후회했다.

그 후 이따금 그날 장면이 떠올라 신경이 쓰였다. 그날 건우 형은 멋을 내지 않았다. 짧고 검은 스포츠 머리에 회색 면 티셔츠와 검은색 트레이닝 바지를 입고 있었다. 무릎 부분이 늘어진, 낡은 옷 뒤에 감춰진 형의 몸이 꽤 다부져 보였다.

은행가를 지나 지하철역 앞 광장에 들어섰다. 건우 형은 광장 가장자리 벤치에 앉아 있었다. 오늘은 흰색 티셔츠와 검은색 진을 입었다. 나는 광장을 가로질러 건우 형에게 다가갔다. 푸른색에서 검은색으로 바뀐 형의 머리카락에서 윤기가 흘렀다. 건우 형도 왁스를 바르고 스타일링을 했다. 나도 스타일링을 하길 잘했다 싶었다.

건우 형은 핸드폰 문자를 보내는 데 열중해 있느라 내가 온 걸 알아차리지 못했다. 이른 아침, 건우 형에게 문자를 받는 사람이 누굴까 궁금했다.

"형 일찍 나오셨네요."

"왔구나."

건우 형이 핸드폰에서 시선을 거두고 일어섰다. 우리는 역으로 향했다. 광장에는 출근하는 사람들이 역 안으로 걸음을 빠르게 옮기고 있었다.

이 시간에 지하철을 타는 건 오래간만이었다. 지하철은 몹시 붐볐다. 정장을 입은 남자들, 차려 입은 여자들, 교복을 입은 학생들이 무표정한 얼굴로 자리를 차지하고 있었다. 웃고 있는 얼굴은 등산복을 입은 할머니, 할아버지들뿐이었다.

건우 형은 팔짱을 낀 채 태산처럼 버티고 서서 미동도 하지 않았다. 형이 핸드폰을 들여다보면서 입꼬리를 올렸다. 건우 형을 웃게 만드는 일, 무엇일까? 건우 형을 웃게 만드는 사람, 누구일까?

"이제 사당이다. 멀지?"

내가 건우 형을 쳐다보자 건우 형이 핸드폰에서 시선을 거두며 말했다. 벌써 사당이네,라는 내 마음과 달랐다.

사당역에서 지하철을 꽉 메웠던 사람들이 내리고 다시 그만큼의 사람들이 탔다. 자리가 났지만 건우 형도 나도 앉지 않았다.

지하철을 한 번 더 갈아타고 건우 형이 다니는 학교에 도착했다. 건우 형이 이 학교에 입학했을 때 교인들은 좋은 학교에 들어갔다며 목사님 내외와 건우 형에게 축하를 건넸다. 그때마다 형은, 저는 운동 실기로 갔어요,라고 겸손하게 답했다. 하지만 나는 알고 있었다. 건우 형은 학교에 자부심을 갖고 있었다. 소주는, 그래 봤자 서울대야? 하버드대야?라며 건우 형이 학교를 은근히 뽐낸다고 못마땅해 했다.

"웰컴 투 마이 월드."

학교로 들어서자 건우 형이 말했다. 캠퍼스의 웅장한 정문과 드넓은 잔디밭을 예상했는데, 좁은 도로 건너 대리석 건물들이 시야를 가로막고 있었다. 내가 상상하던 캠퍼스의 모습과는 많이 달랐지만 실망하지는 않았다. 다만 캠퍼스 공간에 들어섰을 때 갈증이 조금 났다.

건우 형을 따라 언덕길을 올라갔다. 언덕길 끝에 대리석으로 지은 중앙 도서관이 있었다. 건우 형이 마지막 시험을 보는 동안, 도서관에서 시간을 때우라고 했다. 학생증을 건네주었다. 건우 형의 사진이 눈에 들어왔다. 우리 학교 교복을 입고 찍은 사진이었다. 지금보다 더 짧은 머리를 한 건우 형이 가느다란 눈에 힘을 잔뜩 주고 있었다.

“고등학교 졸업 앨범용으로 찍은 거야.”

열아홉 건우 형의 얼굴. 짙고 굵은 눈썹, 쌍꺼풀 없이 가는 눈, 우뚝한 코, 얇고 긴 입술은 그대로였지만 지금과는 다른 얼굴이었다. 건우 형에게도 지금 내 나이와 같은 시절이 있었다고 생각하니 입가에 미소가 번졌다.

“왜 웃어?”

“군대에서 고생이 심하셨군요.”

“너도 군대 가 봐. 아 참, 넌 미국에서 태어나서 군대 안 가도 되지?”

“네. 근데 아버지가 가라고 하세요.”

“그래, 넌 군대 좀 다녀와야 돼. 그래야 진짜 남자가 되지.”

“아버지랑 똑같은 말씀을 하시네요.”

아버지는 내 성정이 계집아이 같다면서 늘 염려했다. 어릴 때부터 누나들과 소꿉놀이, 인형 놀이를 자주 하는 것도 못마땅해 했다. 남자아이들이 흔히 좋아하는 로봇, 자동차, 총, 칼도 싫지는 않았지만 누나들이 좋아하는 놀이도 재미있었다. 아버지는 내가 군대를 갔다 와야 ‘진짜 남자’가 된다고 말했다.

“김 집사님 말씀이 맞아. 넌 아직 진짜 남자가 되기엔 좀 부족해. 군대 생활이 부족한 면을 채워 줄 거야.”

건우 형이 강의실로 갔다.

언젠가 건우 형이 물었다.

"대학 가면 제일 먼저 뭘 하고 싶어?"

"도서관에 가서 책 구경하고 싶어요."

진지하고 정직한 내 대답에 건우 형은 기가 막힌다는 듯 면박을 주었다. 형이 그걸 기억하고 있었나 보다.

하지만 나는 도서관보다는 평소 건우 형이 생활하는 곳에 가 보고 싶었다. 주위를 둘러보았다. 끝이 화살표처럼 뾰족한 표지판들이 눈에 띄었다. 생활 체육관이라고 쓰인 표지판이 있었다. 체육 교육과인 형은 아마 저곳에서 생활을 할 것 같았다. 나는 표지판이 가리키는 대로 걸음을 옮겼다.

생활 체육관 건물에 들어서자 땀 냄새가 훅 밀려왔다. 숨을 한 번 내쉬고, 어두운 복도를 걸었다. 열린 문을 통해 방 내부를 볼 수 있었다. 사람들은 아무도 없고, 각종 운동 기구만 반듯하게 놓여 있었다. 피트니스 클럽에서 자주 보던 벤치 프레스와 바벨을 보니 반가웠다.

2층으로 계단을 올라가자 아담한 실내 농구장이 나왔다. 남자 두 명이서 농구를 하고 있었다. 농구공 튕기는 소리를 들으면서 복도를 걸었다. 복도에는 낡은 사물함이 줄지어 있었다. 혹시 건우 형의 사물함이 있을까 찾아 보았다. 하나하나 이름을 훑고 지나갔지만 '하 건 우'라는 이름은 찾을 수 없었다.

3층에도 복도에 사물함이 놓여 있었지만, 역시 건우 형의 이름은 찾지 못했다. 나도 모르게 한숨이 나왔다. 좀 쓸쓸해졌다. 다시 1층으로 내려왔다. 빈 방에 들어가 벤치 프레스 기구에 누웠다. 이어폰을 꽂고 음악을 켰다. 퀸의 '더 그레잇 프리텐더The Great Pretender'*가 나왔다. '프리텐더', 척하는 사람. 나였다. 나는 언제까지 프리텐더로 살아야 할까.

큰 소리로 노래를 따라 부르고, 한숨을 몇 번 내쉬고, 눈을 감고 노래를 듣다 보니 한 시간이 가 버렸다. 일어나 옷에 묻은 먼지를 털어냈다. 먼지처럼 내 고민이 털리길 바라면서. 그리고 다시 '프리텐더'가 되어 도서관으로 향했다.

중앙 도서관 앞에서 건우 형을 다시 만났다.

"어디 먼저 가 보고 싶어?"

건우 형은 기억하고 있지 않았다. 나는 건우 형의 표정을 살피며 조심스럽게 대답했다.

"도서관이라고 했잖아요."

"그랬었나?"

* 위대한 광대.

건우 형이 고개를 갸우뚱했다.

"도서관이 시간 때우기 편할 것 같아서 가 있으라고 한 건데 그럼 내가 용케 맞춘 거네."

역시 기억하고 있지 않았다.

"아무 데나 가요."

나는 아무렇게나 대꾸했다.

"기억났다. 가자."

몇 개의 건물을 지나치자 탁 트인 광장이 나왔다.

"저기가 캠퍼스의 정문, 저기가 잔디밭."

건우 형이 가리키는 쪽을 보니 문이 없는 정문과 잔디밭이 있었다.

"이거 보고 싶다고 했지?"

"네, 진짜 대학 캠퍼스 같다. 멋지네요."

이곳에 오니 기분이 좀 나아졌다.

"여기 지나갈 때는 조심해야 돼. 이게 분수라서 언제 물이 튀어 오를지 모르거든."

우리가 발을 디디고 있는 바닥을 보니 정말 구멍이 뚫려 있었다. 바닥 분수. 소주가 좋아하는 것이다. 나는 다음에 소주와 함께 와야겠다고 생각했다. 소주라면 건우 형의 사물함도 찾을 수 있을 것이다.

우리는 광장을 지나 학생 회관에 도착했다. 앞서 보았던

대리석 건물과 한 식구라고는 믿기지 않을 만큼 낡고 초라했다. 군데군데 회색 페인트가 벗겨져 있었다. 대리석 건물은 유럽의 성을 연상시켰는데 이 건물은 버림받은 헛간 같았다.

낡은 건물로 들어가 지하로 내려갔다. 컴컴한 복도를 걸어갔다. 복도 끝에서 드럼 소리, 기타 소리, 노랫소리가 섞여 들려왔다. 건우 형이 소리가 나오는 방문 앞에서 멈췄다. 문에는 'GROUP KING'이라고 대문자로 쓰인 간판이 달려 있었다. 그룹 킹? 왕 모임? 퀸은 괜찮은데 킹은 어쩐지 촌스러웠다.

문을 열고 들어갔다. 방에는 대학생들이 기타를 치고 있었다. 이곳은 밴드부 실이었다. 건우 형이 들어서자 음악 소리가 뚝 끊겼다. 연주를 하던 남자 둘이 고개를 숙여 인사했다. 구경하던 여학생 둘은 오빠, 하고 형을 맞았다. 하늘거리는 짧은 치마를 입은 여학생이 나를 보며, 누구냐고 물었다.

"내가 아끼는 교회 동생이야."

"오빠, 교회 다녀요? 뭐야, 안 어울린다."

짧은 치마가 건우 형의 팔을 살짝 치면서 말했다. 그 여자의 앵앵대는 콧소리가 거슬렸다.

"후배들."

형이 그들을 가리키며 내게 말했다.

"안녕하세요."

나는 허리를 굽혀 인사했다.

"어머, 잘생겼다. 완전 훈남."

짧은 치마가 또 앵앵댔다.

"오빠랑 분위기가 다른데…… 반가워."

또 다른 여학생이 말했다. 청바지에 모자 달린 회색 티를 입고 있었다. 티에는 I was born to be trendy.라고 영어가 쓰여 있었다. 나는 최신 유행을 따르기 위해 태어났다고? 별로 트렌디해 보이진 않았지만 화장기 없는 얼굴도, 앵앵대지 않는 목소리도 마음에 들었다.

"유리, 시험 끝났냐?"

여학생 하나가 또 들어왔다. 짧은 치마와 청바지의 수다를 듣다가 형이 문 쪽을 향해 말했다.

건우 형은 이번에는 나를 소개하지도 않았다. '유리'라는 여자와 단둘이 얘기를 나누었다. 유리가 내 시선을 느꼈는지 아, 오늘 같이 온다던 동생?이라고 물었다. 이 여자였다. 이른 아침 건우 형의 문자를 받은 사람. 예쁜 여자였다. 긴 생머리, 긴 치마가 '유리'라는 투명한 이름과 잘 어울렸다. 웃을 때마다 이가 살짝 드러났다. 이가 희고 맑았다.

잠시 후, 형 둘이 더 오고 나서 밴드는 연주를 시작했다. 퀸의 '굿 올드 패션드 러버 보이Good Old-Fashioned Lover Boy'*였

* 착한 구식의 남자.

다. 축제 때 연주할 곡이라고 했다. '오직 너만의 발렌티노가 될 수 있어'라는 부분에서 드럼을 치던 건우 형이 건반을 치던 유리를 보며 웃었다. 유리는 건우 형과 눈을 마주치자 살짝 고개를 끄덕였다.

보컬이 '우 러브 우 러버 보이Ooh love Ooh lover boy'*라며 손을 뻗었다. 나는 반사적으로 뒤로 물러났다.

같은 곡을 세 번 연주하고 나서 건우 형이 내게 왔다.

"이 노래 알지?"

"형, 노래는 안 불러요?"

"응, 보컬은 재고 나는 드러머야."

건우 형이 보컬리스트를 가리켰다. 작은 몸집에 어울리지 않게, 굵고 허스키한 목소리로 유쾌하게 노래하던 남자였다.

"프레디 머큐리와는 다른 느낌인데 노랜 꽤 하지. 프레디보다 쟨 남자다운 느낌이 더 강하지?"

"형, 프레디 머큐리는 게이였대요."

'게 이'라고 발음할 때 눈빛이 떨렸던 것 같다. 나는 들키지 않기 위해 눈에 힘을 주고 건우 형의 눈에 시선을 고정했다.

"가수가 노래만 잘하면 됐지, 게이고 아니고가 뭐가 중요

* 오 사랑스러운, 오 사랑스러운 소년이여.

해?"

"아, 네, 그렇죠."

"너 설마 그런 편견을 가지고 있는 건 아니겠지?"

건우 형이 유리를 힐끔대면서 물었다.

"아니에요."

뜻밖이었다. 항상 '진짜 남자'를 강조하는 건우 형이 이렇게 생각하리라고는 짐작하지 못했다.

건우 형이 자리에서 일어났다. 드럼을 깨작거리던 베이스 남학생에게 스틱을 받았다. 자리를 잡고 드럼을 치기 시작했다.

"오빠, 짱!"

짧은 치마와 청바지가 휘파람을 불며 환호했다. 유리도 건우 형을 보면서 웃었다.

나는 건우 형을 보면서 소주에게처럼 이 사람에게도 진실을 말할 수 있겠다고 생각했다. 소주처럼, 이 사람과도 친구가 될 수 있겠다고 기대했다.

"준영이도 건반 잘 쳐."

건우 형이 드럼 연주를 끝내고 유리에게 말했다. 유리는 내 연주가 듣고 싶다며 건반으로 나를 안내했다. 건반 앞에서 뭘 칠까 잠시 머뭇거렸다. 유리가 악보를 건네주었다. 나는 악보를 뒤적거리다가 '더 그레잇 프리텐더'를 골랐다. 비

플랫 세븐, 이 플랫, 에프 마이너 코드를 따라 손가락을 움직였다. 이어 건우 형이 리듬을 맞추고, 기타와 베이스가 들어왔다. 보컬이 노래를 시작했다. 여학생들이 따라 불렀다.

나는 생각했다. 이제 건우 형 앞에서는 '프리텐더'가 되지 않아도 된다. 형 앞에서는 '광대'가 되어 연기를 하지 않아도 된다. 나는 '오 예스 아임 더 그레잇 프리텐더 저스 래핑 앤 게이 라이커 클라운Oh yes, I'm the great pretender just laughing and gay like a clown'*을 따라 부르면서 힘주어 '게이'를 발음했다. 눈빛도 떨지 않았다. 정말 즐거웠다. 웃음이 나왔다. 마음이 편안해졌다. 이 학교도 이 동아리도 마음에 들었다. 짧은 치마의 앵앵거리는 목소리도 정겨워졌다.

연주가 끝나자 모두들 잘했다고 한마디씩 해 주었다.

"내년에 꼭 우리 학교 와서 우리 동아리 들어와라."

"스카웃 하는 거야."

"베이스 해. 베이스."

짧은 치마가 브이v 소리를 내며 베이스base가 아닌 베이스vase를 가르쳐 주겠다고 했다.

"전 드럼 배우고 싶어요."

나는 건우 형을 쳐다보았다. 결심했다. 나도 내년에 꼭 이

* 그래요 나는 대단한 연기자예요. 그저 광대처럼 웃으며 즐거워하죠.

학교, 이 동아리에 오겠다고. 형이 영원히 아끼는 동생이 되겠다고.

점심때가 되었다. 건우 형과 동아리실을 나왔다. 짧은 치마와 청바지, 유리도 함께 나섰다. 그들의 웃고 떠드는 소리를 들으며 긴 복도를 걸었다. 복도가 끝나갈 때 방에서 한 남자가 나왔다. 남자와 눈이 마주쳤다. 남자가 나를 알아보며 웃었다. 남자가 나온 방에는 'Queer* City(퀴어 시티)'라는 간판이 달려 있었다.

"아는 애야?"

건우 형이 남자를 보면서 물었다.

"아니요."

나는 고개를 돌려 남자의 시선을 외면했다.

남자는 내가 성정체성을 깨닫고 미국에서 돌아온 후 게이 카페 번개에서 만난 형이었다. 그때는 남자도 나처럼 청소년 등급에 속해 있었는데 이제는 성인 대학생이었다. 남자를 뒤로하고 건우 형을 따라 계단을 올라갔다.

"형, 우리 뭐 먹어요?"

* 퀴어(queer)는 '이상한, 기분 나쁜' 등의 사전적 의미를 가진 단어이다. 주변에서 동성애자들을 이상하게 보는 시선을 빗대어 동성애자들 스스로가 자신들을 퀴어라고 풍자하기 시작했다. 그러면서 동성연애자라는 의미로 통하게 되었다. (pmg 지식엔진연구소,『시사상식사전』, 박문각)

나는 다시 '프리텐더'가 되었다. 광대 옷을 입고 건우 형에게 말을 붙였다. 건우 형만 보았다. 뒷덜미가 쓰라렸다. 나를 묵묵히 바라보는 남자의 시선을 느낄 수 있었다. 보지 않아도 볼 수 있었다. 나는 저 남자에게도 건우 형에게도 친구가 될 수 없겠구나, 생각했다. 가슴이 무거워지고 속이 답답해졌다.

우리는 1층 학생 식당으로 갔다. 작은 접시에 담긴 반찬들을 골라 담는 카페테리아였다. 밥과 반찬을 담아 자리를 잡았을 때, 내 쟁반에는 계란말이만 세 접시가 담겨 있었다.

"준영이 달걀 진짜 좋아하는구나."

청바지가 내 접시를 보고 말했다.

"네……."

대답도 제대로 못하고 자리에 앉았다.

식사가 끝났다. 밥과 계란말이를 어떻게 먹었는지도 모르겠다. 여학생 3인방은 학생 회관을 나와서도 우리를 따라왔다. 건우 형은 체육관에 가자고 했다. 여학생들은 셔틀 버스 타자, 걸어가자 하다가 결국 꽃구경 삼아 걸어가기로 의견을 모았다.

언덕이 시작되었다. 언덕 가로 벚꽃이 만개해 있었다. 건우 형은 여학생들과 수다를 떨며 올라갔다. 나는 그들 뒤에서 그 수다들을 들으며 올라갔다.

바람이 불었다. 꽃잎이 한 장 건우 형의 어깨에 떨어졌다.

나는 어쩐지 건우 형의 어깨에서 떨어지지 않으려고 매달리듯 붙어 있는 꽃잎이 가여워서 팔을 내뻗어 꽃잎을 떼 주었다. 다섯 장의 꽃잎이 여리게 웃고 있었다. 건우 형과 여학생들이 걸음을 멈추고 떨어지는 꽃잎을 바라보았다.

"떨어지는 꽃잎을 맞으면 사랑이 이루어진다는데……."

청바지의 말에 건우 형과 여학생들이 손을 내밀었다. 너도 나도 꽃잎을 맞겠다고 몸을 움직였다. 나는 그들을 바라만 보았다. 건우 형도, 그 여학생들도 환하게 웃고 있었다.

나도 손을 내밀었다. 꽃잎이 내 손바닥을 벗어나 정처 없이 떨어졌다. 내 뺨 위로 눈물 한 방울도 떨어졌다.

"왜 울어?"

유리가 물었다. 모두 나를 쳐다보았다.

"꽃가루 알러지가 있어요."

그들은 아, 하고 고개를 끄덕였다. 별 일 아니란 듯이 다시 꽃잎을 맞으려고 애썼다.

"맞았다. 맞았다."

건우 형이 손바닥에 떨어진 꽃잎을 보면서 소리쳤다. 여학생들이 꽃잎을 보려고 건우 형 주변으로 몰려들었다. 나는 또다시 눈물이 났다.

멈춰. 울면 안 돼. 제발 멈춰. 눈물을 보여서도, 저 사람을 좋아해서도 안 돼.

나는 고개를 숙였다. 눈에 힘을 주어 눈물을 붙잡았다. 고개를 다시 들었을 때, 유리가 건우 형의 팔을 붙잡고 언덕을 올라가고 있었다.

퀴어 나이트

스피커가 쾅쾅댔다. 사람들이 함성을 질렀다. 붉은 빛줄기가 준영이의 얼굴에 쏟아졌다. 보라 빛줄기가 준영이의 얼굴에 빛 가루를 뿌리고 지나갔다. 초록 빛줄기가 준영이의 얼굴에 선을 그었다. 섬광이 번쩍, 우리 얼굴 위로 터졌다.

뻥이요!라는 외침 다음에 따르던 펑, 소리가 들리는 듯했다. 그때마다 할머니는 내 귀를 감쌌고 나는 준영이의 귀를 감쌌다. 하얀 연기와 함께 펑 소리가 나면 부푼 밥알들이 바닥으로 쏟아졌다. 준영이와 나는 아저씨가 맛보기로 내미는 밥알을 받았다. 손바닥 위에 올려놓고 한 알씩 집어먹었다. 뻥튀기 아저씨의 카세트 라디오에서는 뽕짝 뽕짝, 리듬에 맞춘 노래들이 흘러나왔다. 우리는 그때 시골 장터에 있었고 지금은 서울, 클럽 안에 있다.

광광 소리와 함성, 열기와 빛줄기로 가득 찬 이곳은 그 옛날 할머니의 이야기 속에 등장하던 별천지이다.

"뭐라고?"

준영이가 물었다. 나는 준영이를 쳐다보고 큰소리로 외쳤다.

"저기 봐. 옷을 벗고 있어."

내 말은 준영이에게 들리지 않았다. 준영이가 내 얼굴 쪽으로 몸을 낮추었다. 나는 손을 입가에 가져다 대고 준영이의 귓가에 소리쳤다.

"저기 보라고! 셔츠를 벗고 있다고!"

나는 중앙 무대에서 춤추는 남자를 가리켰다.

"와이 낫? 퀴어 나이트잖아."

준영이가 웃으며 대답했다. 나는 리듬에 맞춰 몸을 흔들며 무대를 바라보았다.

"봐. 바지도 벗고 있어."

남자는 셔츠를 벗어 공중으로 던지더니 바지마저 벗어 던졌다. 관중들이 열광했다. 디제이는 볼륨을 줄였다가 다시 높였다. 음악 소리와 관중들의 고함 소리가 번갈아 울렸다. 춤추는 남자는 속옷 한 장만 걸쳤다. 왼손은 속옷에 걸치고, 오른손은 뒷덜미에 대고 춤을 췄다. 육감적인 몸짓이었다. 남자의 모습에 관중들은 손을 흔들었다. 흥분했다. 환호를 해댔다. 그들은 모두 남자였다. '작렬! 퀴어 나이트'라는 그들만의 축제는 뜨겁게 터지고 있었다. 이태원 그들만의 은밀한 장소에서. 우리들의 은밀한 일탈과 함께.

"저기, 퀴어 문화 축제가 있는데……."

준영이가 조심스레 말을 꺼냈다. 우리는 자율적이지 않은 자율 학습을 마치고 집으로 돌아가는 길이었다. 나무는 꽃잎을 떨구고 푸른 잎사귀를 품고 있었고, 푸른 잎들은 밤빛을 품고 있었다. 5월의 밤이었다. 뺨에 닿는 공기가 따뜻하고 보드라웠다.

"퀴어 문화 축제?"

"게이 축제야. 퍼레이드도 하고, 바자회도 하고, 파티도 하는 거야."

"그런 게 있어?"

"같이 갈래?"

준영이의 어조가 한 음 높아졌다. 나와 함께 가기를 진심으로 바라고 있었다.

"같이 가. 가 보고 싶어."

"좋았어!"

준영이가 환하게 웃었다. 보조개가 쏙 들어가 우물을 만들었다. 요즈음 뜸한 준영이의 진짜 웃음. 함박꽃나무에 활짝 핀 하얀 꽃 같았다. 준영이가 알면 남자인 자기를 꽃에 비유했다고 싫어하려나? 하지만 준영이는 분명 하얀 함박'꽃' 나무처럼 청초한 데가 있다.

콧구멍 뽀뽀 사건 후, 나는 준영이가 게이라고 백 퍼센트 아니 99.99999⋯⋯ 퍼센트 받아들였다. 백 퍼센트로 받아들이기엔 0.0000⋯⋯ 1퍼센트쯤 쿨하지 못했다. 그래 김준영, 이 '한 떨기 수선화 같지 않은' 게이야, 인정한다고 하면서도 걔가 게이로서의 삶을 살아간다고 생각하면 가슴 한구석이 축축했다.

준영이가 미소를 지을 때에도, 준영이가 큰 소리로 웃을 때에도, 준영이가 말을 할 때에도, 준영이가 조용히 있을 때에도, 준영이가 공부에 또 무엇에 열중해 있을 때에도, 아무것도 하지 않을 때에도, 준영이를 보면 안타까웠다.

더구나 개교기념일에 하건우와 대학교에 다녀온 후, 준영이는 울적해 보였다. 그런 준영이를 대할 때마다 가슴 한 편이 저렸다. 아직 아기라고 생각했던 할머니 댁 강아지가 새끼를 밴 사실을 알았을 때처럼. 물론 '개' 비유도 준영이는 싫어하겠지? 그래도 준영이가 이해해야 한다. 오죽하면 '개'를 갖다 붙일까? 준영이를 보는 내 마음이 그만큼 쏘 쿨하지 못하다는 뜻이다.

"준영, 무슨 일 있어?"

"아니."

"좀 힘들어 보이는데……."

"고 3이잖아."

이유를 물어도 준영이는 고3이라는 핑계를 대며 웃어 넘겼다.

반면 준영이는 마음이 편해졌다고 했다.

"늘 널 속이고 감추고 있어서 마음이 개운치 않았어. 너한테 털어놓고 나니까 마음이 놓여."

"그래, 앞으로는 이 누나한테 아무것도 감추지 마라."

준영이가 커밍아웃을 해도 아무것도 달라지지 않았다. 우리는 여전히 함께 학교에 다니고, 군것질을 하고, 공부를 하고, 시간을 때웠다. 하지만 현미경으로 우리의 '함께'를 들여다본다면 많이 달라져 있었다.

준영이는 내 유년시절부터 둘도 없는 친구였다. 내 결혼식 부케도 던져 줄 수 있을 것 같았다.

"저 남자 괜찮다."

여자 친구들하고만 나누던 말을 준영이에게도 서슴지 않고 던졌다.

"내 스타일은 아니야."

"그럼 네 스타일은 뭔데?"

"저기 저 남자. 나는 꽃미남은 싫더라."

준영이가 가리킨 남자는 검은색 민소매 티를 입고 어깨와 팔뚝을 드러내고 있었다.

"완전 근육질? 무식하게 힘만 세 보이는데……."

"저게 멋이야."

"김준영, 너 남자 보는 눈이 없어도 너무 없네."

"강소주, 너야말로. 죽처럼 허여멀건 하고 버드나무 가지처럼 비리비리한 애들만 좋아하면서."

"그러게, 딱 너네. 그래서 내가 널 좋아했나 보지."

"그러니까 실패하지. 남자는 남자가 잘 보는 거야."

"어쨌든 다행이네. 우리 둘 다 한 남자를 두고 다툴 일은 없겠다."

또 나는 게이에 대해서도 많이 알게 되었다.

"이 사람도 게이였어? 완전 남자다운데……."

인터넷에 뜬 연예인 사진을 보면서도 게이 이야기를 나누었다.

"게이라고 다 여성스러운 건 아니야. 남자다운 게이도 많아."

"저 사람, 게이지?"

"응, 백 퍼센트 게이야."

"근데 게이는 왜 다 잘생긴 거야?"

"못생긴 게이도 얼마나 많은데……."

때로는 비밀스러운 대화도 했다.

"너 진짜 키스해봤어?"

"응."

"누구랑, 남자랑?"

"응."

"어땠는데?"

"나쁘진 않았어."

"그럼, 그 경험도 해봤어?"

준영이가 내 눈을 응시하면서 검지로 내 이마를 툭 쳤다.

"그건 비밀, 19금이야."

또 한없이 진지해지기도 했다.

"게이가 아닌 남자를 좋아할 수도 있어?"

"응."

"너도 그런 적이 있어?"

너 혹시 하건우를 좋아하는 거 아니야,라고 묻고 싶었지만 물을 수 없었다.

"응……. 그렇지만 좋아하지 않으려고 있는 힘을 다해 노력해. 그 사람 입장에서는 끔찍이 여길 만큼 나쁜 일일 테니까."

“좋아하는 마음이 뭐가 나빠? 싫어하는 마음이 나쁜 거지.”

준영이가 잠시 나를 바라보았다.

“고마워. 난 네가 나를 피하고 멀리할까 봐 얼마나 걱정했는지 몰라.”

준영이의 이마에 초승달처럼 주름이 졌다가 사라졌다. 준영이는 안도하고 있었다.

그러나 준영이의 미소가, 준영이의 안도가 나를 더 슬프게 했다. 준영이는 왜 타인에게 이해를 구하며 살아야 할까. 준영이는 왜 타인의 이해에 고마워해야 할까. 앞으로 얼마만큼의 이해에 안도하고 또 괴로워해야 할까. 준영이는 나처럼, 보통 사람들처럼, 사람을 사랑하는 것뿐인데.

토요일 오후인데도 운이 좋았다. 퀴어 문화 축제장으로 가는 지하철 안에서 우리는 나란히 앉을 수 있었다. 어린이들 한 무리가 대공원역에서 내렸기 때문이다.

“이 헤어 왁스에서 나는 향, 무슨 과일이지?”

준영이는 자리에 앉자마자 제 머리를 내 코에 들이밀었다.

“아무 향기도 안 나는데?”

“그래? 원래는 아주 달콤한 향이 났거든. 맛있는 과일 향.”

나는 준영이의 머리카락에 코를 대고 개처럼 킁킁거렸다.

"과일이 맛이 갔네. 그냥 싸구려 바닐라 향만 나는데……."

"오래 돼서 향이 다 날아갔나 봐."

"언제 났는데?"

"한 달 전쯤, 개교기념일 날 건우 형 학교 갔을 때."

"아, 그날……."

그날 네 기분이 좋았나 보다. 달콤한 과일 향에 취한 것처럼.

그리고 그날 이후 준영이의 얼굴에 먹구름이 꼈다. 그늘도 드리워졌다. 나는 준영이의 우울이 고3 생활이 아니라 하건우 때문이라고 생각했다. 고3이 되어서 두 장의 모의고사 성적표와 한 장의 중간고사 성적표를 받았지만 준영이는 여전히 최상위권을 유지하고 있었다. 이대로라면 가장 어려운 학교에도 쉽게 갈 수 있었다. 그러나 준영이는 하건우가 다니는 학교에 가고 싶어 했다. 하지만 목사님은 하건우가 신학 대학원에 진학해 목사가 되길 바란다고 했다.

"건우 형은 목사님보다는 체육 선생님이 더 잘 어울리는 것 같아."

준영이가 발을 까닥거리며 하건우 이야기를 했다.

"목사고 교사고 둘 다 별로야."

나는 얼굴을 찡그리며 손가락을 저었다.

"왜?"

"몰라, 그 사람 뭔가 찜찜해."

"건우 형이 얼마나 신실하고 반듯한 사람인데……."

"그건 네가 하건우를……."

좋아하니까,라고 말할 뻔했다. 하지만 말할 수는 없었다. 준영이는 지금 그 인간을 좋아하지 않으려고 온 힘을 다해 힘겹게 싸우고 있을 테니까. 아무도 그 사실을 알기를 바라지 않을 테니까.

"네가 하건우와 친하니까 그렇지."

준영이가 겸연쩍게 웃었다.

지하철역을 나와 표지판을 보면서 퀴어 문화 축제가 열린다는 청계천으로 갔다. 그러나 청계천 어디에서도 축제 분위기를 느낄 수 없었다. 청계천을 따라 내리 걸었지만 퍼레이드를 시작한다는 베를린 광장도 나오지 않았다. 지나가는 사람에게 베를린 광장에 대해 물었지만 아무도 몰랐다.

준영이가 맞은편에서 오는, 얼굴이 하얀 외국인 둘에게 베를린 광장을 아느냐고 물었다. 나는 한국인도 모르는데 외국인이 알 리가 없다고 생각했으나 뜻밖이었다. 그들은 알고 있었다.

"이리로우 가세요."

눈이 파랗고 머리가 노란 남자가 한국말로 또박또박 말했다. 외국인이 가리킨 길은 우리가 향하던 방향이었다. 나는 외국인의 반응은 물론, 외국인에게 물어볼 생각을 한 준영이도 신기했다.

"저 사람들도 축제에 온 사람들이야."

"보면 알아?"

"응. 게이들이야. 그러니까 축제에 왔겠지? 이 사람도."

준영이가 방금 우리 곁을 스쳐간 사람을 눈빛으로 가리키며 속삭였다. 나는 뒤를 돌아보았다. 대학생으로 보이는 평범한 남녀 커플이 우리가 오던 방향으로 걸어가고 있었다.

"어떻게 알아?"

"눈빛으로."

"어떤 눈빛?"

준영이가 눈동자를 움직이면서 나름 눈빛을 만들어 냈다.

"이렇게?"

"아니, 이렇게."

"이렇게?"

나도 나름 눈동자를 굴려 준영이가 만든 눈빛을 그대로 만들어 보였다. 콧잔등도 함께 찌푸리고 콧구멍도 벌렁거렸다.

"하하하. 그게 뭐야?"

"하하하, 하고 웃지 마. 너는 호호호, 하고 웃는 게 어울리거든."

"그래, 하하하,는 씩씩한 너하고 어울리지."

"눈빛이 뭐가 어떻다는 거야?"

나는 눈알을 굴리다가 포기했다.

"저 남자도 널 알아봤을까?"

"응. 알아봤을 거야."

"나랑 같이 있어도?"

"응. 아마도. 게이더가 작동했을 거야."

"게이더?"

"게이를 알아보는 능력을 게이더라고 해. 게이 플러스 레이더."

"그거 게이 아니라도 가질 수 있어?"

"응."

"그럼 게이인지 아닌지 어떻게 알 수 있어?"

"미국에서는 잘 꾸미면 게이야. 말투도 확연히 다르고. 한국에는 워낙 잘 꾸민 남자가 많아서 알아보기가 힘든데, 역시 이야기하다 보면 게이 특유의 말투나 표정이 있어. 그리고 손짓을 많이 하는 게이도 있어. 이렇게."

준영이는 손으로 부채를 부쳤다.

"이렇게?"

나도 준영이를 따라 손으로 부채를 그려 보았다. 준영이가 또 소리 내어 웃었다. 하하하, 하고.

청계천에서는 아이들이 물장난을 치고 있었다. 젊은 여자들이 양산을 쓰고 지나갔다. 멀지 않은 곳에서 음악 소리가 들려오기 시작했다. 우리는 음악 소리를 쫓아 계단을 올라갔다.

애걔! 이게 광장인가 싶었다. 베를린 광장은 조그마한 마당 같았다. 풍물패가 마당을 돌며 흥을 돋우고 있었지만, 베를린 광장은 축제장이라기보다는 노점이 옹기종기 모인 벼룩시장 같았다. 주말 우리 동네 공원에서 열리는 벼룩시장보다도 작았다. 동성애자의 인권을 알리는 부스 몇 개와 모 여자배우가 기부한 소장품과 몇 가지 소품을 파는 좌판이 다였다. 외국인과 여장 남자 서너 명이 물건을 구경하고 있지 않았다면 동네 벼룩시장으로 착각할 뻔했다. 무지개 깃발과 '작렬! 퀴어 스캔들'이라고 쓰인 피켓과 입간판이 없었다면 이곳이 퀴어 문화 축제장인지도 모를 뻔했다.

큰 입간판 옆에는 'MB=찢어진 콘돔', '달려라 커밍아웃'이 쓰인 작은 입간판이 세워져 있었다. 남자 두 명이 '게이 프리허그Gay free hug'라고 적힌 표지판을 들고 사람들에게 손을 내밀고 있었다. 응하는 사람은 많지 않았다.

축제는 초라하고 조용했다. 인터넷에서 예습한 샌프란시스코 게이 축제와는 많이 달랐다. 준영이도 실망한 듯했다.

준영이가 축제장을 둘러보다가 걸음을 멈추었다. 몇 미터 앞에 시선을 고정했다. 대학생 남자가 전단지를 나누어 주고 있었다.

"아는 사람이야?"

"응. 게이 번개에서 만났던 형."

"가서 인사하자."

준영이를 끌어당겼다. 준영이가 끌려오지 않고 내 팔을 잡았다. 대학생 남자가 우리를 바라보았다. 남자는 준영이와 눈이 마주쳤지만 얼굴을 돌리며 준영이를 모른 척했다.

"왜 저래?"

남자의 태도에 내가 기분이 상했다.

"내가 먼저 외면했거든."

준영이가 한숨을 토했다.

무지개 빛깔 옷을 입은 남자가 무지개 색 부채를 나누어 주었다. 나도 하나 받았다. 부채 위에는 노란 옷을 입고 흰 장갑을 끼고 흰 신발을 신은 인형이 그려져 있었다. 긴 눈썹과 큰 눈이 당돌해 보였지만 모양은 깜찍했다.

"와 귀엽다."

"귀여워?"

"무슨 캐릭터지? 꼬마 유령 캐스퍼 닮았다."

"콘돔이야."

준영이를 웃기려고 한 말은 아니었는데 준영이가 웃었다.

"나도 알아. 콘돔 캐릭터."

나는 콘돔이 인형처럼 귀엽게 생긴 줄은 몰랐지만 아는 척을 했다. 준영이가 또 웃었다.

좌판을 구경하고 있을 때 웬 여자가 마이크를 들고 우리에게, 아니 정확하게 말하자면 준영이에게 다가왔다. 인터뷰를 요청했다. 여자는 대학생으로 보였다. 그 옆에는 남자가 작은 카메라를 들고 서 있었다. 우리가 카메라를 쳐다보자 여자는 모자이크 처리가 된다고 했다. 준영이와 내가 마주보며 어떻게 할지 궁리하고 있을 때 다른 남자의 목소리가 들렸다.

"하지 마."

아까 준영이를 외면한 대학생 남자였다. 남자는 마이크를 든 여자를 말렸다.

"할게요."

준영이가 말했다. 대학생 남자가 준영이를 쳐다보았다. 준영이가 그 남자에게 고개를 끄덕였다. 준영이는 인터뷰에 성실히 응했다. 나는 인터뷰를 해도 괜찮은지 걱정이 되었다.

인터뷰를 마치고 좌판과 부스를 둘러보는데 5분도 걸리지 않았다. 우리의 시선을 사로잡은 건 따로 있었다. 퀴어 문화 축제와는 전혀 상관없는 풍경이었다. 백발이 성성한 할아버지 두 분이 광장 중앙에 있는 벤치에 자리를 잡았다. 잠시 후 오십 대 중후반으로 보이는 아주머니 세 명도 와서 벤치에 앉았다.

"저분들은 여기가 뭐 하는 덴지도 모를 거야."

준영이가 웃었다.

우리도 그 벤치에 가서 앉았다. 아주머니들은 여기가 어디인지, 이들이 누구인지, 이 행사가 무엇인지 전혀 개의치 않았다. 오늘 참석한 결혼식에 대해 수다를 떨다가 다음에 만날 약속을 정했다. 준영이가 일어나서 내 사진을 찍었다. 실은 나는 핑계일 뿐이었다. 벤치에 앉아 있는 할아버지와 아주머니의 사진을 찍고 있었다. 준영이는 이곳 상황을 재미있어 했다.

그래, 참 재미있는 상황이긴 했다. 대한민국의 수도, 서울 한 복판에서 '퀴어 문화 축제'가 열리고 있다. 하지만 이곳을 지나는 대부분의 사람은 이 '퀴어'한 축제를 알아차리지 못했다. 어떤 이들은 축제장 한가운데에 앉아 결혼식 신부의 인물이 빠진다느니, 신랑이 돈을 얼마를 번다느니, 시집에서 집을 어디에 얻어 줬다는 둥 일상적인, 하지만 내겐 그 무엇보다 '퀴어'하게 들리는 이야기들을 하고 있었다.

또 어떤 이들은 근처 극장에서 미국 영화를 보고 미국 패밀리 레스토랑 체인점에서 쇠고기 스테이크를 먹고 있었고,

어떤 이들은 멀지 않은 곳에서 미국산 쇠고기 수입 반대를 외치며 시위하고 있었다.

준영이가 또 웃었다. 준영이를 따라 나도 함께 웃었다. 벤치에 앉은 할아버지 한 분이 '에이즈 퇴치'가 적힌 콘돔 캐릭터 부채를 부쳐댔다.

나와 준영이는 종로에서 영화를 보고, 시청 앞 서울 광장까지 걸었다. 체인 김밥집에서 저녁을 먹고 이태원으로 갔다. 이태원에는 '게이 힐'이라는 언덕을 따라 술집과 클럽들이 자리 잡고 있었다. 베를린 광장에 없던 사람들이 여기 다 모여 있었다. 투명한 유리창을 통해 술집 안을 들여다보았다. 술집마다 사람들이 북적댔다. 길에도 사람들이 넘쳐났다. 모여 술을 마시거나 이야기를 나누고 있었다.

우리는 '작렬! 퀴어 나이트' 파티가 열린다는 클럽으로 갔다. 남자가 클럽 입구에서 입장권을 팔았다. 미성년자 입장 불가가 아닐까 걱정했지만 남자는 신분증을 요구하지 않았다. 저지도 하지 않았다. 우리는 돈을 내고 입장권 팔찌를 받았다. 팔찌를 착용하고 지하로 내려갔다.

파티 장은 미친 듯이 날뛰고 있었다. 대한민국에 이런 곳도 있구나 싶었다. 고막이 터질 듯한 음악 소리, 윗옷을 벗은 두 남자의 관능적인 댄스, 서로의 몸을 비비며 춤을 추는 남자들, 입을 맞추는 남자들, 술병을 들고 소리를 질러대는 남자들, 간혹 남자들의 무리에 섞여 춤을 추는 여자들, 모두 '작렬'하고 있었다.

나는 넋이 나갔다. 기도 죽었다. 준영이의 팔을 잡고 준영이에게 붙었다.

"겁 나?"

"아니."

나는 고개를 세게 흔들었다. 촌스러운 감정을 들키고 싶지 않았다. 하지만 준영이는 내 마음을 꿰뚫고 있었다.

"걱정 마. 여기는 너보다 내가 더 위험한 곳이야."

준영이가 눈웃음을 지었다. 이곳에선 준영이가 진짜 오빠 같았다. 준영이는 나를 데리고 음료 바로 가서 음료를 얻어다 주었다. 클럽 입장료에 포함된 것이라고 했다. 작은 병에 담긴 차가운 음료였다. 음료수를 한 모금 마셨다. 처음 접한 맛이지만 싫지 않았다. 한 모금 더 마셨다. 별똥별의 맛이 났다. 쌉싸름, 톡톡, 오톨도톨, 쿵쿵한 맛이었다.

"맥주야."

준영이가 웃으며 소리쳤다. 맥주? 술? 이 자식이? 나는 준영이를 보면서 인상을 썼다.

"웰컴 투 마이 월드!"

준영이가 맥주병을 들고 소리쳤다.

그래, 뭐. '퀴어 나이트'니까.

나는 준영이에게 이끌려 관중 속으로 파고들었다. 잠시 음악 소리가 잦아들었다. 곧 허공을 가르는 총소리, 비상하는 물체의 날갯짓 소리가 하늘 높이 멀어져 갔다. 남자의 목소리가 꿈처럼 흘러나왔다. 익숙한 목소리. 퀸의 '아이 워즈 본 투 러브 유I Was Born To Love You'*였다.

프레디 머큐리의 목소리와 함께 나도 준영이도 하늘로 떠올랐다. 꿈속을 걸었다. 양팔을 벌려 날갯짓을 했다. 구름 사이를 가로지르고, 별들의 합창 소리를 들었다. 다리를 성큼성큼 벌려 은하수를 넘었다. 밤하늘을 가르는 새들에게 손을 흔들었다. 외로운 반달에게 안녕, 하고 인사를 건넸다.

준영이가 나를 향해 손을 뻗으며 노래를 따라 불렀다. 좋아 보였다. 음악이 빨라졌다. 준영이의 몸짓도 빨라졌다. 우리는 음악에 맞추어 신나게 몸을 흔들었다. 음악도, 장소도, 음료도, 우리의 기분도 최고인 밤이었다.

몇 곡이 흘렀을 때 클럽 구석에서 깨지는 듯한 소리가 났다. 함성과는 다른 소리였다. 절규였다. 소리가 난 곳에는 두 남자가 마주 서 있었다. 한 남자에게 눈이 갔다. 영화배우처럼 잘생기고 세련된 남자였다. 광고에 나오는 한국계 미국인

* 당신을 사랑하기 위해 태어났어요.

배우를 떠오르게 했다. 남자의 오른쪽 귀에서 은색 귀걸이가 반짝거렸다. 그 맞은편 남자는 나이가 들어 보였다. 동네에서 쉽게 볼 수 있는, 평범한 아저씨였다. 스키니 바지를 입었지만 어색해 보였다. 아저씨가 뭐라고 소리를 지르며 맥주병을 던졌다. 젊은 남자가 양손을 들며 알아들을 수 없는 말을 했다. 영어 같았다.

새 노래가 흘러나오고 사람들은 다시 열광했다. 나도 고개를 돌리고 몸을 흔들었다. 준영이는 움직이지 않았다. 시선을 그들에게 고정했다.

"나가자."

준영이가 말했다. 준영이의 눈에 먹빛 슬픔이 파고들고 있었다. 준영이의 눈 끝자락에는 두 남자가 있었다. 그들은 영어로 다투고 있었다.

"어."

나는 준영이의 손을 잡았다.

클럽 밖 언덕에는 여전히 사람들이 붐비고 있었다. 남자 커플들, 남남 무리들, 남녀 무리들, 서양인, 동양인 다양한 인종들이 이곳에 다 있었다.

준영이는 클럽 입구에 가만히 서 있었다. 가끔씩 몸을 앞뒤로 흔들었다. 눈을 감았다가 떴다. 준영이가 몸을 떨었다. 울고 있었다. 소리 없이, 몸으로 울고 있었다. 마음으로 울고 있었다. 나는 준영이의 울음이 잦아들기를 기다렸다.

게이 힐을 내려왔다. 노란 가발을 쓰고 화장을 하고 드레스를 입은 남자들이 술집 앞에 있었다. 트랜스바라고 했다. 우리는 말없이 걸었다. 시간이 많이 늦었지만 이태원의 밤은 휘황찬란했다. 한참을 걸어 불빛과 소음으로 둘러싸인 이태원 거리를 벗어났다.

택시를 탔다. 준영이의 머리가 내 어깨 위로 힘없이 떨어졌다. 준영이가 눈을 감았다. 김준영. 내 친구. 내 소중한 친구 김준영. 내 소중한 게이 친구 김준영은 그렇게 내게 짠한 가슴이 되었다.

아까 그 남자는 누구일까. 무엇이 준영이를 또 슬프게 했을까. 내가 모르는 준영이의 세계는 얼마만큼일까. 나는 묻고 싶은 말이 많았지만 아무 말도 하지 않았다. 어둠이 도시를 감쌌다. 우리의 퀴어 나이트도, 우리의 퀴어 스캔들도 그렇게 저물어 갔다.

나는 죄인입니까

휴를 보았다. 그 남자와 함께 있었다. 클럽에서 사람들이 불덩이를 가슴에 품고 미친 듯이 타고 있을 때, 휴만은 서느런 눈빛으로 그 남자를 보고 있었다. 휴의 눈빛이 서럽다고 말했다. 아프다고 말했다.

"준영, 나는 아직도 그를 좋아해."

휴가 한국말로 말했다. 기름진 발음으로 또박또박. 그는 경기도 소도시 모 고등학교에서 근무하던 미국인 영어 강사였다. 우리는 인터넷 사이트를 통해 채팅을 몇 번 하고, 이태원 게이 바에서 만났다. 그는 검은 머리와 검은색 눈동자를 지닌 미국인이었다. 그의 부모님은 중국의 소수 민족인 먀오족 출신이라고 했다.

"그 사람은 나빠. 너를 고통스럽게 하잖아."

그 남자는 휴를 기만하고 그의 가슴에 구덩이를 팠다. 그들은 이태원 게이 힐에서 처음 만나 연인이 되었다. 그러나 그 남자에게는 결혼할 여자가 있었다. 휴에게 아무것도 약속해 줄 수 없었다. 휴는 그 남자에게, 한 여자를 속이고 거짓 인생을 살게 해서는 안 된다고 했다. 남자도 목소리를 높였다.

"한국에선 어쩔 수 없어. 동성애자를 죄인 취급하니까."

"죄는 동성애가 아니라, 그 여자를 속이는 거야."

"네가 날 좋아한다면 이해해야 돼."

"이해할 수 없어. 우리 삶이 소중한 만큼 네 아내가 될 여자의 삶도 소중해."

"너도 부모님을 속이고 있잖아."

그 순간 휴는 할 말을 잃었다고 했다. 휴는 부모님께 커밍아웃하지 않았다. 아니, 하지 못하고 한국으로 왔다. 휴의 부모님은 아들이 아시아계 미국인과 결혼하기를 바라는, 공화당원이라고 했다.

휴와 나는 몇 번 만났다. 밥을 먹고, 대화를 나누고, 영화를 보곤 했지만 연애 감정이 생기지 않았다. 휴의 마음속에는 그 남자가 있었고, 내 마음속에는 아무도 좋아하지 않겠다는 다짐만이 있었다.

2년이 지났지만 그 남자는 여전히 휴를 괴롭히고 있었다.

휴에게 아무것도 약속해 주지 않은 채 사랑이라는 이름으로. 휴의 사랑은 은폐되고 위태롭고 위험했다. 결국에는 깨진 병처럼 산산조각 날 것이다.

그날, 그 남자가 던진 맥주병이 벽에 부딪치고 떨어졌다. 휴가 소리를 질렀다. 깨진 맥주병에서 거품들이 흘러나왔다. 그때, 나는 두려워졌다. 휴의 사랑이 언젠가 나의 사랑이 될 수도 있었다. 아무것도 허락 받지 못하는 사랑. 아무것도 약속 받지 못하는 사랑. 숨기고 감추어야만 하는 사랑. 문득 건우 형의 얼굴이 떠올랐다. 슬픔이 밀려들었다. 사방이 어두웠다. 적막했다. 나는 검은 바다 속으로 추락했다. 바다는 차고 깊었다.

"사랑하는 성도 여러분! 하나님께서는 분명히 말씀하셨습니다. 동성애는 죄입니다. 동성애는 지옥으로 가는 길입니다. 지금 대한민국의 젊은이들은 동성애라는 사탄의 꼬임에 빠지고 있습니다. 성적으로 타락하고 있습니다. 쾌락만을 추구하고 있습니다. 에이즈에 걸려 죽음을 맞고 있습니다."

"아멘!"

"동성애에 빠진 우리 청소년들은 불우한 환경을 접하고, 불행한 경험을 겪고, 왜곡된 가치관을 가지게 되었습니다. 성 정체성에 혼란을 겪는, 불쌍한 어린 양들입니다. 우리 부모님들과 청소년들은 죄의 구렁텅이에서 길을 잃은 어린 양들이 속히 회개하고 하나님의 품안에서 진정한 사랑을 배울 수 있게끔 기도해야 합니다."

"아멘."

목사님의 설교는 그 어느 때보다 열기를 띠고 있었다.

지난주 한 소년이 아파트 옥상에서 몸을 날렸다. 소년은 아이돌 연습생이었고, 케이블 티비의 모 연예 프로그램에서 자신이 게이라고 밝혔다. 얼굴은 모자이크 처리되고 목소리는 헬륨 가스를 마신 듯 변조되었지만, 주변 사람들을 속일 수는 없었다. 소년의 홈페이지에는 한 번도 만난 적 없는 이들이 몰려왔다. 그들은 글로 독침을 쏘아댔고, 소년의 주변에는 아무도 오지 않았다.

소년은 학교에서, 소속사에서, 사회에서 고립되어 갔다. 소속사는 소년에게 계약 해지를 통보했다. 소년은 유서에서 다음 세상에는 '일반' 남자로 태어나고 싶다고 했다. 소년은 열일곱, 나보다 두 살이 어렸다.

목사님은 이 사건을 언급하면서 오늘 설교를 시작했다.

"사랑하는 하나님! 불쌍한 어린 양들을 죄의 구렁텅이에서 구해 주십시오."

목사님이 하나님을 불렀다. 목소리가 쩌렁쩌렁 실내에 울려 퍼졌다. 아이들과 함께 온 부모님들이 아멘을 외쳤다.

나도 하나님을 불렀다. 조용히, 아무도 모르게.

'하나님, 제가 정말 죄인입니까?'

아무도 '아멘'을 외치지 않았다.

교회에서 점심 식사를 하고, 건우 형과 1층 자판기로 갔다. 소주는 중요한 일이 있다며 식사를 끝내자마자 자리를 떴다. 건우 형이 주머니에서 동전을 꺼냈다. 자판기 동전 투입구로 밀어 넣고 음료를 선택했다.

"아차! 찬 음료를 마실 걸 그랬다."

건우 형이 종이컵을 내밀며 말했다. 종이컵에서는 커피 향과 김이 올라왔다.

"괜찮아요."

나는 커피를 후후 분 다음 한 모금 마셨다. 블랙커피였다. 씁쓰름한 맛에 나도 모르게 콧등을 찡긋거렸다.

"운동하는데 설탕과 크림을 먹을 순 없지."

건우 형이 커피를 벌컥 들이켰다.

우리는 커피를 들고 1층 로비에 있는 의자에 앉았다.

"저……."

하나님의 응답은 못 들었으나 건우 형의 생각은 알고 싶었다.

"오늘 목사님 설교요, 형도 그렇게 생각해요?"

"뭐?"

"동성애자들이 타락해서 죄를 짓고 있다고, 동성애자들이 윤리적 가치관과 가족 제도를 무너뜨리고 있다고요?"

"난 쿨해. 자기들끼리 좋아하는 거 그렇게까지 경멸하고 죄악시할 필요 있나? 그리고 살인, 도둑질, 강간 이런 게 윤리에 위배되는 거 아닌가? 가족 제도야 동성애자가 아니라도 혼자 사는 사람도 많고, 요즈음은 아이를 안 낳는 사람도 많잖아."

나는 하나님의 응답을 받은 듯, 안도했다. 역시 건우 형은 달랐다. 건우 형과도 진짜 친구가 될 수 있었다.

"그럼, 만약 동성애자가 형을 좋아하면요? 그때도 쿨할 수 있어요?"

"누군가 날 좋아해 준다면 감사한 일 아닌가?"

건우 형이 1초도 망설이지 않고 '쿨하게' 대답했다.

"참, 너 혹시 게이 인터뷰 같은 거 했냐?"

"네?"

"저번에 우리 학교에서 봤던 내 후배가 게이 인권 비디오에서 널 봤다잖아. 아니지?"

"아니죠."

1초도 망설이지 않고 대답해 버렸다. '쿨하지' 않게.

"그렇지? 그럴 리가 없지. 네가 무슨 게이야. 걔도 참 엉뚱한 걸 보고 와서 말도 안 되는 소릴 하고 있어."

게이 인터뷰는 퀴어 문화 축제에서 내가 한 인터뷰였다. 그러나 아니죠,라고 나는 또 부인하고야 말았다. 건우 형에게는 진실을 말할 참이었는데, 사실대로 고백하고 진짜 친구가 될 참이었는데……. 나는 오늘도 그러지 못했다.

왜 소주에게 냈던 용기를 건우 형에게는 내지 못하는 걸까. 건우 형은 편견 없이 동성애를 바라보고 있는데, 형은 내 커밍아웃을 기꺼이 받아들일 수 있는데……. 나는 고개를 숙였다. 몸이 작아졌다.

"너무 기분 나쁘게 생각하지 마. 난 당연히 아닌 줄 알았어."

건우 형이 내 어깨를 두드렸다.

"전 이만 집에 가 볼게요."

"벌써?"

"네, 숙제도 해야 하고……."

"그래. 고3이지."

건우 형이 내 등을 치며 웃었다.

교회를 나와 중앙 공원까지 무작정 걸었다. 도중에 이개식을 봤지만 모른 척하고 계속 걸어야만 했다. 이개식은 길에서 아버지에게 뺨을 맞고 있었다. 개식이가 맞을 때마다 그 아버지의 손에서 굵은 금반지가 번쩍거렸다. 개식이가 벌게진 얼굴을 들었다. 나와 눈이 마주쳤다. 개식이의 입술이 꼼지락댔다. 십팔,이라고. 나는 개식이에게서 시선을 거두고 다시 걸었다. 기분이 최악이었다.

광장은 북적였다. 광장 가장자리에서는 모 기업에서 음료 시음회를 열고 있었다. 아이들이 시음회 주변에 가득했다. 음료를 마시고 부채를 받았다.

"시음하고 가세요."

음료 깡통과 같은 색인, 은색 모자에 은색 티셔츠와 은색 스커트를 입은 여자가 나를 잡았다. 솔밭에서 매미가 울었다. 내 귀를 뚫을 듯했다. 나는 여자의 손을 뿌리치고 자리를 떴다.

광장 한가운데에 멈추어 섰다. 땀이 흘러 상체가 축축했다. 물티슈를 꺼내 얼굴과 목 언저리를 닦았다. 셔츠 깃과 청바지가 무겁게 느껴졌다. 하늘을 바라보았다. 햇살이 따갑고 눈부셨다. 눈을 감으며 빛을 피했다. 그늘을 찾으려고 주변을 둘러보았다. 공원은 나들이를 나온 사람들로 붐볐다. 잔디밭에 자리를 펴고 치킨을 먹는 가족들, 하늘을 바라보며 연과 모형 비행기를 날리는 젊은 친구들, 분수대 주변에서 뛰어노는 아이들, 벤치에 앉아 웃음과 사연을 나누는 연인들…… 남녀 연인들…… 이성애자 연인들…… 일반인 연인들…… 연인들, 연인들, 들들들, 들들들……. 모든 이들이 행복해 보였다. 나만 불행했다. 그 어디에도 내가 머무를 곳은 없었다.

'하나님, 제가 정말 죄인입니까?'

'제 부끄러움과 눈물과 한숨은 저 같은 죄인에게 주는 천형입니까?'

내가 부끄러웠다. 내가 미웠다. 원망스러웠다. 날 이해할 수도, 이해하고 싶지도 않았다. 처음에는 게이인 내가 두려웠다. 두렵고, 두렵고, 겁나고, 무섭고, 불안했다. 싫고, 싫고, 싫고, 거북하고, 참을 수 없었다.

하지만 내 바람과 내 뜻과 무관하게 내가 게이라는 사실을 받아들였다. 그 후 커밍아웃을 하지 않아도 될까, 가족을, 친구를, 선생님을 속여도 될까, 고민했다. 시퍼렇게 날 선, 세상의 검이 나를 베고 쓰러뜨릴까 봐, 무거운 진실의 창이 그들을 베고 그들을 아프게 할까 봐 나는 세상을, 사람들을 속일 수밖에 없다고 합리화했다.

그러나 소주에게 털어 놓았을 때 우리는 아프지도, 쓰러지지도 않았다. 그 고백은 나를 자유롭게 했다. 우리 우정을 더 도탑게 했다. 건우 형에게도, 나를 진심으로 좋아해 주는 건우 형에게도 털어놓아야 했다. 그런데 나는 그러질 못했다. 이런 내가 부끄러웠다. 싫었다.

중앙 분수대에서 물이 솟아올랐다. 아이들이 소리를 지르며 분수 안으로 들어가서 물을 함빡 맞았다. 인공 개울에서는 아이들이 들어가 물장난을 치고 있었다.

소주는 물이 끊임없이 재활용돼서 더럽다고 하면서도 분수대 중앙으로 돌진했다. 소주가 있다면 함께 들어갈 수 있을 텐데……. 나 혼자서는 용기가 나지 않았다. 소주에게 전화를 걸어 볼까 하다가 그만두었다. 소주를 방해하고 싶지 않았다. 다시 걸었다. 집이 아니라 지하철역으로 향했다.

지하철을 타고 생각 없이 삼각지에서 내렸다. 생각 없이 환승을 하고 이태원에서 내렸다. 대낮의 이태원이 낯설었다. 외국인이 많았다. 무작정 걸었다. 이곳에도 행복한 가족, 남녀 연인, 젊은 친구들이 길가에서, 카페에서, 레스토랑에서 자리를 차지하고 행복을 누리고 있었다.

결국 게이 힐로 왔다. 힐은 아직 한산했다. 바와 클럽은 문을 닫았고, 사람들의 모습은 보이지 않았다. 땟국물에 찌든 개 한 마리가 나를 쳐다보더니 느릿느릿 언덕으로 올라갔다. 그 눈빛이 나른했다. 어둠이 시작되면 이곳도 권태에서 벗어나 제 모습을 갖추리라. 나는 패스트푸드점과 카페로 자리를 옮겨 가면서, 어둠이 내리고 내 영혼이 자유로울 수 있을 때까지 기다렸다.

이태원의 밤이 시작되었다. 이곳 게이 힐은 이국의 거리처럼 낯설고 기묘한 열기로 들썽거렸다. 사람들이 점점 늘어났다. 바도 클럽도 거리도 북적거렸다. 힐은 갓 낚은 물고기처럼 파닥대며 생명력을 내뿜었다. 이곳에 오면 동질감과 해방감이 들었다. 머릿속까지 편안하고 자유로웠다. 그러면서도 아는 사람을 만날까 봐 걱정되었다. 그때마다 몸이 움츠러들었다. 이곳에는 젊은 여자들도 드나들고 간혹 일반 남자들도 오기 때문이었다.

나는 안으로 들어갈까, 집으로 돌아갈까 고민하면서 길가에 서 있었다. 한 아주머니가 여기저기 기웃거리다가 내게 다가왔다. 호기심으로 놀러 온 한국인 구경꾼이라고 하기에는 차림새가 평범했다. 곱슬곱슬한 짧은 머리, 헐렁한 면 티셔츠와 면 바지, 바닥이 푹신한 운동화, 보통 아줌마, 엄마의 모습이었다. 그러나 그 눈빛은 너무 간절해 보였다.

"학생, 혹시 이 애 못 봤어?"

아주머니가 사진을 보여 주었다. 내 또래의 젊은 남학생이 웃고 있었다. 아주머니는 게이 아들을 찾는 어머니였다.

"아니요."

나는 천천히 고개를 저으며 대답했다.

아주머니의 얼굴에서 갈구와 실의가 섬광처럼 교차했다. 눈빛을 떨었다. 나는 어머니가 떠올랐다.

"여기서 찾기 힘드실 거예요."

아주머니의 몸이 바람 빠지는 풍선 같았다.

"괜찮으세요?"

아주머니가 고개를 끄덕였다. 나는 뭐라도 말하고 싶었다.

"사람이 너무 많잖아요. 어둡기도 하고……."

아주머니는 주변을 둘러보았다. 한국인, 외국인, 흰 얼굴, 검은 얼굴, 금발 머리, 곱슬머리, 다양한 인종들이 곳곳에 널려 있었다. 아주머니는 잠시 나를 쳐다보았다. 학생도 얼른 집에 가, 어머니 걱정하시잖아,라고 말하는 것 같았다. 아주머니가 발길을 돌렸다. 작은 어깨를 떨며 힐을 내려갔다.

우리 어머니라면 어떻게 할까? 어느 날 갑자기 아들이 커밍아웃을 하고 밤 외출을 한다면, 어머니도 길 잃은 어린 양을 찾듯 이곳 힐을 헤매고 다닐까? 어떤 어머니처럼 쿨하게 콘돔을 건네지 않으리라는 건 분명했다.

나는 힐을 내려가려다가 걸음을 멈추었다.

"캔 애니바디 파인 미 썸바디 투 러브Can anybody find me somebody to love?"*

술집에서 퀸의 노래가 흘러나오고 있었다. 술집 안을 들여다보았다. 외국인 남자 세 명과 여자 하나가 테이블에 올라

* 누가 내게 사랑할 사람을 찾아 줄 수 있나요?

가 춤을 추었다. 주변에 모인 사람들이 '썸바디 투 러브'를 외쳐댔다. 보통 1층에서는 앉아서 술을 마시거나 서서 이야기를 나누는 사람들이 대부분인데, 오늘은 춤추는 사람들 때문에 테이블의 대형이 흐트러지면서 주위가 어수선했다. 다른 쪽에서는 사람들이 '썸바디 투 러브'를 찾아서 테이블을 기웃거렸다. 웃음을 흘리고 말을 붙이고 대화를 나누었다.

나는 이 노래만 듣고 가자 싶었다. 가게 입구에 있는 스피커 앞에 서서 노래를 들었다.

"얼론Alone?"*

웬 남자가 내게 다가왔다. 짧은 금발 머리와 수염을 가진, 백인 남자였다.

"유 라익 디 쏭You like this song?"**

나는 벙벙하게 서 있었다. 중년 남자가 말을 붙인 건 처음이었다. 남자는 내 발을 가리켰다. 노래에 맞추어 내 발이 까딱까딱하고 있었다. 나는 고개를 끄덕였다. 남자는 내게 음료를 사 주겠다고 했다.

남자를 따라 2층으로 올라갔다. 2층에도 바와 테이블이 있는 홀이었지만 1층과는 달리 정돈되어 있었다. 오렌지 빛 조명이 1층의 푸른 조명과 대비되어 안락한 느낌을 주었다.

* 혼자야?

** 이 노래 좋아해?

남자는 나를 앉히고 바Bar로 갔다. 바텐더와 친밀하게 인사를 나누었다. 이곳을 잘 아는 사람 같았다.

잠시 후, 남자가 빨대가 꽂힌 비닐 팩을 내게 건넸다. 투명한 팩 안에는 콜라 색깔의 음료가 들어 있었다. 빨대로 한 모금 빨았다. 콜라맛과 알코올 맛이 섞여서 났다.

자신은 '존'이라며 남자는 내 이름도 물었다. 나는 '김'이라고만 했다. 남자가 기임 하면서 내 성을 불렀다.

"스튜던트Student?"*

나는 예에, 하며 고개를 끄덕였다.

"칼리지College?"**

나는 그렇다고 대답했다. 남자는 비즈니스로 한국에 자주 온다고 했다. 자기가 묵고 있는 호텔로 돌아갈 예정인데 같이 가겠냐고 물었다. 방에서 수영을 할 수 있다고 했다.

나는 남자를 따라나섰다. 힐을 내려와 큰길가로 왔다. 남자가 택시를 잡았다. 그가 호텔 이름을 말할 때 나는 잠시 두려웠다. 낯선 남자를 따라, 그것도 외국인 남자를 따라 이곳을 벗어나도 괜찮을까 싶었다.

택시는 이태원을 벗어나 터널로 진입했다. 끝이 보이지 않는 긴 터널이었다. 나는 끝이 없는 외계 터널 속으로 빨려 들

* 학생이야?

** 대학생?

어가고 있었다. 이 남자와 이곳에서 영원히 빠져나올 수 없을 것 같았다. 차라리 그랬으면 좋겠다 싶었다. 이곳을 벗어나면 감당할 수 없는 일이 닥칠지도 몰랐다. 마주해야 할 현실이 두려웠다.

집으로 갈까 말까 고민하다 보니 남자의 방에 와 있었다. 남자의 방은 방이 아니라 집을 한 채 옮겨 놓은 것처럼 넓었다. 발코니 밖으로 수영장이 있고, 수영장 너머로 산이 보였다. 내가 수영복이 필요하다고 하자 남자는 제 수영복을 빌려주었다.

남자는 홀딱 벗고 수영장으로 뛰어들었다. 나는 한쪽 발을 먼저 담갔다. 물이 찼지만 차지 않았다. 시원하게 느껴졌다. 천천히 몸 전체를 담갔다. 서늘한 기운이 몸속을 파고들었지만 수영을 하자 사라져 버렸다. 남자는 헤엄을 치다가 천장을 바라보고 누웠다. 남자의 배가 볼록했다. 나도 누웠다. 여름 밤 산바람은 부드럽고 시원했다. 눈을 감았다. 눈을 떴을 때 남자의 얼굴이 가까이 있었다. 남자의 높다란 콧날이 내 콧등을 두드렸다. 나는 다시 눈을 감았다.

남자는 나를 수영장 밖으로 끌고 나갔다. 그는 큰 수건을 가져와 내 몸에 걸쳐 주었다. 나는 수건으로 몸을 감싸고 소파에 앉았다. 머리카락에서 물이 뚝뚝 떨어졌다.

남자가 음악을 틀었다. 네가 좋아하는 것 같아서,라고 하면서 어깨를 으쓱했다. 프레디가 부른 '하우 캔 아이 고 온 How Can I Go On?'*이었다. 나는 노래를 들었다.

남자가 내게 다가왔다. 내 머리와 얼굴과 몸을 닦아 주었다. 괜찮을 거라고 남자가 말했다. 나는 떨고 있었다. 몸에 한기가 다시 들었다. 남자는 황금빛이 도는 음료를 건넸다. 마시면 나아질 거라고 했다. 나는 한 모금을 삼켰다. 목이 타들어 가는 것 같았다. 끝 맛은 개운했다. 다시 한 모금 더, 한 모금 더, 결국 잔에 있는 음료를 다 마셔 버렸다. 온몸이 노곤했다. 눕고 싶었다. 남자는 나를 침대로 안내했다. 나는 계속 노래를 들었다.

난 하루하루 어떻게 해야 하나요?
누가 나를 모든 면에서 강하게 만들어 줄 수 있나요?
내가 안전한 곳은 어디인가요?
내가 있어야 할 곳은 어디인가요?
슬픔으로 가득 찬, 이 넓은 세상에서

남자의 얼굴이 가까이 다가왔다. 나는 눈을 감았다. 건우

* 어떻게 해야 할까요.

형이 보였다. 눈을 떴다. 건우 형이 보였다. 나는 자리에서 일어났다.

"쏘리, 아이 캔트Sorry, I can't."*

나는 옷을 주워서 방을 나왔다. 뭐라 외치는 남자의 목소리가 들렸다. 개의치 않았다. 복도에서 옷을 주섬주섬 입고 엘리베이터를 탔다.

호텔을 빠져나와 무작정 달렸다. 숨이 차올라 온몸이 터질 때까지 달렸다. 건우 형의 노랫소리가 들렸다. 주변을 둘러보았다. 그 어디에도 건우 형은 없었다. 나는 바닥에 주저앉았다. 눈물이 났다. 내가 다시 누군가를 사랑하고 있었다. 외로웠다.

* 안 되겠어요.

내 손 잡고 가

준영이가 울고 있었다. 구겨진 종이 뭉치처럼, 버려진 비닐 덩어리처럼, 나무 밑에 앉아 무릎에 얼굴을 파묻고 울고 있었다. 온몸은 땀으로 젖어 있었다. 젖은 몸을 떨고 있었다.

전화벨이 울렸을 때 나는 꿈속을 헤매고 있었다. 무슨 꿈인지는 모르겠다. 아무튼 잠들어 있었다는 말이다. 처음에는 벌써 아침이 왔나, 실망하며 핸드폰 측면 버튼을 눌렀다. 알람을 끄기 위해서였다. 그런데도 계속 벨이 울렸다. 핸드폰을 확인했다. 화면에 뜬 두 글자, 준영이였다. 잠이 달아났다. 나는 벌떡 일어나서 전화를 받았다.

"어."

창밖은 깜깜했다. 시간은 1시를 넘기고 있었다.

"무슨 일이야?"

준영이라면 이 시간에 내가 자고 있다는 걸 안다. 준영이는 내가 자는 동안에는 전화를 하지 않는다. 늦은 밤 잠든 친구를 깨우는 건 예의에 어긋난다고 생각하기 때문이다. 중요한 일이 갑자기 생각났을 때에도, 가령 내일 수학 형성 평가를 본다, 국어 포트폴리오 제출이다, 가정통신문 회신서를 꼭 챙겨야 한다는 정보가 생각났을 때에도 문자를 보낸다. 이 시간에 준영이가 전화를 했다면, 필시 무슨 일이 일어났다는 뜻이다.

"미안해. 잠 깨웠니?"

"아니, 안 자고 있었어."

"지금 잠깐 나올 수 있어? 중앙 공원이야."

"너 괜찮아?"

"응."

"네 목소리가 떨려."

"좀 쌀쌀해서……."

쌀쌀하다고? 중앙 공원에는 이 시간에도 사람이 많았다. 열대야를 이기지 못하고 나온 사람들이었다. 할아버지들이 소매를 어깨까지 걷어 올리고 부채를 부치고 있었다. 담배를 피우는 아저씨들도 있었다. 잔디밭에는 불 꺼진 텐트들이 무질서하게 세워져 있었다.

벤치를 둘러봤지만 준영이는 보이지 않았다. 잔디밭에 가서 준영이를 찾았지만 눈에 띄지 않았다. 핸드폰을 꺼내 5번을 길게 눌렀다. 엄마 1번, 아빠 2번, 우리 집 3번, 4번은 깡때우주였다. 처음엔 준영이가 4번이었지만 어쩐지 4는 좀 불길했다. 뭐 깡때우주가 내 진짜 가족이니까, 가족 먼저 저장하는 게 맞기도 하고.

통화가 연결되면서 벨이 울렸다. 익숙한 멜로디. '보헤미안 랩소디', 준영이의 벨 소리였다. 나는 얼른 핸드폰을 껐다. 벨 소리 때문에 무더위를 피해 텐트 안에서 잠든 사람들이 깬다면 준영이가 불편해 할 것이다. 나는 벨 소리가 난 쪽으로 고개를 돌렸다. 취객인 줄 알고 지나쳤던 사람이었다. 준영이가 나무 밑에 구겨져 있었다.

"준……."

이름을 부르려다가 목소리를 끊었다. 왠지 준영이를 방해하고 싶지 않았다. 그러면 안 될 것 같았다.

준영이에게 살금살금 다가갔다. 준영이 옆에 앉았다. 준영이의 어깨가 오르내렸다. 나는 준영이가 흐느끼는 소리를, 준영이가 우는 소리를 가슴으로 들었다. 준영이의 등을 가만가만 토닥였다. 준영이의 셔츠가 땀에 젖어 축축했다. 준영이에게 차가운 음료를 먹이고 싶었지만 준영이를 혼자 두고 편의

점까지 갈 수 없었다. 주변을 둘러보았다. 버려진 피자 박스라도 발견한다면 시원한 바람을 만들 수 있을 것 같았다.

일어나서 주변을 살폈다. 피자 박스 대신에 치킨 박스가 눈에 띄었다. 치킨 박스를 들어 보았다. 치킨 찌꺼기와 양념이 남아 있어서 부채로 쓸 수는 없었다. 아까 벤치에서 부채를 붙이던 할아버지가 생각났다. 나는 벤치로 가서 주변을 살폈다. 다행히 버려진 종이부채를 발견했다. 음료 회사에서 나누어 준 부채였다.

돌아왔을 때 준영이는 그 자세 그대로 울고 있었다. 준영이의 젖은 등 위로 부채를 흔들어 바람을 일으켰다. 준영이의 셔츠 자락이 부채 바람을 타고 펄럭거렸다. 준영이의 어깨가, 준영이의 슬픔이 잦아들 때까지 부채를 흔들었다.

"내 마음이 없어져 버렸으면 좋겠어."

준영이가 고개를 파묻은 채 말했다.

"내 몸도 사라져 버렸으면 좋겠어."

준영이에게 무슨 일이 있었을까. 무엇이 준영이를 울렸을까. 나는 준영이에게 질문을 하는 대신, 준영이의 백 팩 앞주머니에서 엠피쓰리를 꺼냈다. 준영이의 귀에 이어폰을 꽂아 주었다. 엠피쓰리 액정에는 노래 가사가 파란 불빛이 되어 지나갔다. 나는 액정 화면만 쳐다보았다. 아는 영어 단어들이 눈에 들어왔다. 잠깐 이 노래는…….

"투 머치 러브 윌 킬유Too Much Love Will Kill You, 너무 깊은 사랑은 널 죽이고 말 거야. 1995년 앨범에 실린 곡이야. 프레디가 1991년에 죽었으니까 유고 앨범인 거지."

"살아 있을 때 녹음한 거구나."

"응. 프레디는 자신이 에이즈에 걸렸다고 인터뷰를 하고 나서 그 다음날 죽었어."

준영이가 프레디 머큐리가 죽은 일을 이야기하면서 들려주었던 노래였다. 이 노래가 무척 마음에 들어서 나도 가사를 다 외울 때까지 들은 곡이다. 그런데 이 노래, 지금 어울리는 곡일까? 마지막 인터뷰, 죽음, 유작…… 어쩐지 좀 불길한 예감이 들었다. 나는 포즈 버튼을 눌러 버렸다. 준영이가 고개를 들고 나를 바라보았다.

"다른 노래 듣자."

"같이 듣자."

준영이는 이어폰 하나를 빼서 내 귀에 꽂아 주고 버튼을 눌렀다. 준영이가 나직이 흥얼거리기 시작했다. 프레디 머큐리가 애절하게, 처절하게 노래를 내뱉고 있었다. 프레디에게도 준영이에게도 사랑은 죽을 만큼 힘겨웠으리라는 생각이 들었다. 준영이를 보면서 나는 눈가가 축축해졌다. 가슴 언저리가 찌릿찌릿 저렸다. 별일 아니겠지, 아무 일도 아니겠지. 준영이에겐 아무 일도 없겠지. 평소처럼 노래도 부르고 있잖아.

슬픔이 가슴 밑바닥에서부터 차올랐다. 나는 이 슬픔을 말리기 위해 부채를 들었다. 준영이와 나를 향해서 바람을 일으켰다.

"고마워."

준영이가 말했다.

"뭐?"

준영이는 엠피쓰리의 볼륨을 낮추고 다시 말했다.

"고마워."

"뭐? 아! 부채?"

준영이가 날 바라보며 웃었다.

"응."

"나도 더워서. 열대야잖아."

준영이가 다시 볼륨을 높이고 노래를 따라 불렀다. 나는 계속 부채질을 했다. 준영이의 더위뿐만 아니라 슬픔과 눈물까지도 다 마르길 기도하면서.

집으로 돌아와 침대에 누웠다. 한숨이 터져 나왔다. 준영이에게 무슨 일이 있었는지 끝내 묻지 못했다. 다만, 좋아하는 사람에게 좋아한다고 말할 수 있는 사람이었으면 좋겠다, 는 준영이의 말에서 그 아이가 겪고 있는 일을 짐작할 뿐이었다.

우리는 자리를 옮겨 '크레이지 리틀 띵 콜드 러브Crazy Little Thing Called Love'*를 함께 불렀다. 준영이는 노래에 맞춰 고개를 까닥거리기도 했다. 우리는 '러브' 대신에 '프렌드십'을 외쳤다. 정말 '크레이지 리틀 띵 콜드 프렌드십', 미친 우정 아닌가. 새벽 2시가 넘어서 콜라 한 잔 마시지 않고 맨 정신으로 노래를 부르고 있다니. 어깨동무를 한 채 몸까지 흔들면서. 그래도 그 '미친 우정' 때문에 준영이의 기분이 좀 나아진다면 열 번 스무 번 미쳐도 좋았다.

준영이는 정말 기분이 나아졌겠지? 침대에 누워서 긴 한숨을 쏟으며 다시 눈물 흘리고 있는 건 아니겠지. 잠이 오지 않았다. 옆으로 돌아누웠다. 잘 때 똑바로 누워 자야 돼. 옆으로 자면 척추측만증이 더 심해질 거야. 의사의 말이 떠올랐다. 바로 누웠다. 또 한숨이 나왔다. 생각이 머릿속에서 떠나지 않았다. 다시 옆으로 돌아누웠다.

오늘 오후, 준영이를 혼자 보내는 게 아니었다. 쓸데없이 시간만 버렸을 뿐인데……. 오늘 설교는 듣는 내내 불편했다. 정말 이 교회에는 준영이 말고 게이가 한 명도 없을까. 게이 자식을 둔 부모는 한 명도 없을까. 목사님의 설교를 듣고 노여워하거나 언짢아하거나 아파할 사람은 한 명도 없을까.

* 사랑이라는 미치도록 하찮은 일.

아니 적어도 한 명은 있었다.

나는 점심을 먹고 준영이와 헤어졌다. 2층으로 올라가 사목실 문밖에서 서성거렸다. 예배가 끝난 후에도 목사님은 손님을 만나느라 짬이 생기지 않았다. 목사님과 대면하기를 기다리면서 나는 무슨 질문을 해야 할지, 어떤 의견을 내야 할지 조목조목 준비했다.

사람들이 거의 돌아가고 복닥거림이 좀 잦아들고서야 목사님은 사목실에서 나왔다. 나는 목사님의 길을 막고 면담을 요청했다. 목사님이 나를 내려다보며 미소지었다. 목사님의 볼에 우물이 패였다. 준영이와 똑같은 보조개였다.

나는 목사님을 따라 사목실로 들어갔다. 목사님은 음료수와 쿠키까지 내주며 나를 환대했다.

'오! 하나님! 웃는 얼굴에 침 뱉으면 하나님께서 용서하지 않으시겠죠?'

목사님의 다정한 얼굴을 보니 차마 말이 떨어지지 않았다. 이 문을 열고 들어오기 전까지만 해도 '파이터'의 자세였다. 목사님의 설교를 강력히 비판할 참이었다. 하지만 목사님의 인자한 얼굴은 내 전의를 완전히 누그러뜨렸다. 나는 망설이다가 말문을 열었다.

"저……."

"그래, 준영이 친구 소주지?"

"절 아세요?"

"그럼, 알다마다. 우리 교회에 오는 친구들은 다 알고 있단다."

"아, 네."

이분은 좋은 분이다. 나는 다시 말문이 막혔다.

"그래, 소주야, 무슨 일이니?"

"아, 그게, 저…… 오늘 설교가 무척 인상적이었어요."

"그래, 다행이다. 성령께서 우리 소주에게 강림하셨구나."

성령은 목사님에게 강림한 게 아닐까 싶을 만큼, 목사님이 아기 천사처럼 환하게 웃었다.

"아, 그게…… 인상적이라는 게 좋았다기보다는……."

나는 마른 침을 삼키고 물었다.

"동성애가 왜 죄인가요?"

"아! 우리 소주가 그 부분에 의문점이 생겼구나."

목사님의 음성과 눈빛은 여전히 자애로웠다. 나는 시선을 피했다.

"네, 뭐……."

"동성애는 하나님의 뜻에 반하는 행위란다."

"하지만 예수님은 서로 사랑하라고 하셨잖아요."

나는 목사님을 쳐다보지 않고 말했다.

"그래, 소주가 잘 알고 있구나. 하지만 성경을 좀 더 공부하다 보면 알게 된단다. 예수님이 오시기 전에 구약 성서 레위기에서는 '여자와 동침하듯 남자와 동침해서는 안 된다'라고 했어. 그럴 경우는 사형에 처하라고까지 했지."

"그 동성애자를 창조하신 분도 하나님이잖아요. 동성애가 죄라면 하나님은 왜 죄인을 만드셨어요?"

나는 목사님을 쳐다보았다. 목사님은 아직도 미소 짓고 있었다.

"소주야, 하나님께선 인간을 만들었지 동성애자를 만드신 게 아니란다. 동성애는 그들이 선택한 거야."

"하지만 동성애자는 태어날 때부터 동성애자로 태어나는 걸요."

"태어날 때부터 동성애자는 없어. 그 후에 동성애자가 되는 거지. 그러니까 그들이 회개하고 노력하면 치유 받을 수 있단다."

"예수님은 창녀, 사마리아인도 사랑하셨잖아요. 또 뭐더라, 아, 죄 없는 자만 이 여인에게 돌을 던지라고 하시지 않았던가요?"

이게 맞나? 뒤죽박죽이다.

"왜 성경에서는 이랬다 저랬다 해요? 이거 정말 하나님 말씀 맞아요? 사람들이 자기 생각대로 써 놓고 하나님 핑계를 대는 건 아닌가요?"

"우리가 동성애자들에게 돌을 던지려는 게 아니란다. 그들을 인도해서 바른 삶을 살게 하려는 거지."

"아니에요. 그 아이는 이미 바른 삶을 살고 있다고요. 더 이상 인도할 것이 없어요."

아차, 싶었다. 흥분하여 너무 멀리 나갔다.

"소주야, 혹시 친구가 동성애에 빠져 있니? 그 친구를 데려오렴."

목사님이 눈을 크게 떴다.

"아니에요."

나는 일어섰다. 급하게 인사를 하고 사목실을 나왔다. 가슴이 콩닥거렸다. 목사님이 준영이를 의심하지 않을까 걱정되었다. 친구가 준영이만 있는 건 아니잖아. 그래도 교회 친구는 준영이뿐인데……. 나도, 가족도 눈치 채지 못했는데 목사님이 어떻게 알겠어? 아니야, 목사님은 똑똑하시잖아. 정신이 들락날락했다. 나는 머리를 콩콩 쥐어박았다. 두 손을 모으고 천장을 쳐다보았다.

'하나님, 목사님한테 대들어서 죄송해요. 잘못했어요. 제발 준영이가 들키지 않게 해 주세요. 믿습니다. 아멘.'

처음부터 시작하지 말았어야 했다. 목사님과 나는 대화의 출발점부터 다르다. 목사님은 게이가 게이로 태어난다는 사실을 인정하지 않으신다. 우리는 같은 테이블에 앉아서 서로 다른 곳을 바라보며 제 이야기만을 했다. 서로를 답답해 하며 대화다운 대화를 할 수 없었다. 그래도 목사님의 인내심은 인정한다.

"소주야, 궁금한 점이 있으면 언제든지 찾아오렴."

목사님은 끝까지 미소를 지으며 말했다. 준영이와 닮은 보조개를 새기면서.

그날 새벽, 준영이가 공원에 앉아 소리 없이 울던 그날에도 준영이는 여느 때와 다르지 않았다. 준영이는 학교 자습실을 이용할 수 있었지만 집 근처 독서실을 다녔다. 학교 자습실은 숨이 막힌다고 했다. 자습실에서는 우리가 지금 입시라는 전쟁을 치르고 있다는 사실을 온 감각으로 느끼게 하기 때문이라고 했다. 내 눈에 보이는 친구들, 아는 얼굴들이 함께 갈 전우라기보다는 무찔러야 할 적이라는 생각이 준영이를 괴롭힌다고 했다.

나도 준영이를 따라 독서실에 다녔다. 우리는 아침 식사를 하고 집을 나섰다. 곧장 학교로 가서 공부, 점심을 먹고 또 공부, 저녁을 먹고 독서실로 가서 또 공부. 그리고 10시쯤 독서실을 나왔다. 준영이는 집에 가서 인터넷 강의를 시청한다고 했다. 물론 나는 달랐다. 오전에 책상에 앉으면 두 시간을 연거푸 잤다. 점심 식사 후에도 잤다. 저녁 식사 후에는 자지 않기 위해 휴게실에서 커피를 마시며 친구들과 수다를 떨었다. 나는 나니까. 내가 준영이를 따라가다간 병이 날 수 있으니까. 건강이 제일 중요하잖아? 또 뭐냐, 뱁새가 황새를 쫓다가 말했잖아? 내 다리는 소중하니까요,라고.

여름 방학 마지막 날, 우리는 여느 때와 같이 김밥과 떡볶이, 물쫄면으로 저녁을 때우고 여느 때와 '달리' 영화관으로 향했다. 준영이와 나는 고교 시절 마지막 여름 방학의 마지막 날을 독서실에서 보낼 수 없다는 데 손바닥을 마주 쳤다.

시작은 준영이었다. 저녁 식사를 끝내고 준영이가 말했다.

"이제부터 놀자."

"공부해야지."

"정말 공부하게?"

"아니."

나는 먹잇감을 포착한 짐승처럼 이를 드러내고 웃었다. 얘야, 나야 늘 놀고 싶었지만 네 공부를 방해할 수 없어서 참고 있었단다. 헤헤.

놀려니 막상 놀 게 없었다. 우리가 어렸을 때에는 놀 거리가 많았다. 정말 재미있게 놀았다. 해가 지고 엄마가 우리를 부르러 왔을 때까지 놀았다. 그런데 어린 시절을 졸업하고 어른이 되어 가면서 정말 재미있게 노는 법을 잊어버린 모양이다. 무엇을 할까, 어디에 갈까, 고민 끝에 우리는 영화를 보기로 했다. 한여름 무더위를 피할 수 있고, 돈이 많이 들지 않고, 청소년인 우리가 갈 수 있는 곳은 영화관이었다.

지하철 역 앞 영화관에서 당장 볼 수 있는 영화는 '쿵푸 팬더'였다. 준영이는 기다렸다가 '미이라'나 '다크 나이트'를 보고 싶어 했지만, 쿵푸 팬더 상영관에 좌석이 많은 걸 알고 쿵푸 팬더를 선택했다. 쿵푸 팬더는 개봉한 지 오래되었기 때문에 사람들이 별로 없었다.

극장 안에는 초등학생과 부모들이 팝콘과 버터 구이 오징어를 먹으면서 떠들고 있었다. 어린이용 영화인가 싶었다. 다른 걸로 바꿀까 잠시 갈등하다가 귀찮아서 그냥 앉아서 보기로 했다. 결과는 만족스러웠다.

"사부님 '좋은' 소식이 있습니다."

영화에서 작은 사부의 말에 큰 사부가 대답했다.

"그냥 소식이 있을 뿐이네. 좋고 나쁜 것이란 없다네."

좋고 나쁜 것이란 없다. 옳고 그른 것이란 없다. '일반' '이반'도 없다. 그냥 사람이 있을 뿐이다. 평소 사고라는 걸 잘 하지 않는 나도 대사를 되새김질하면서 사고를 하게 만드는 영화라고나 할까.

영화를 보고 나오자 부슬비가 내리고 있었다. 준영이가 가방에서 우산을 꺼냈다.

"오! 준비성!"

"일기 예보에서 비 온다고 했어."

"맞아. 너 일기 예보도 챙기는 사람이지."

준영이의 준비성 덕분에 나는 비를 맞지 않았지만, 준영이는 내 키에 맞추어 우산을 드는 바람에 자세가 구부정했다. 마른 준영이의 몸이 휘어진 철사 같았다.

"똑바로 서. 나 괜찮아."

"그럼 너 비 다 맞아."

"너나 맞지 마. 철사 녹슬겠다."

"철사? 나?"

"그래. 비쩍 말라 가지고."

"그래도 철사는 길잖아. 네 작은 키를 탓하라고."

"그러니까 똑바로 서라고. 비쩍 말라서 몸까지 구부리고 있으니까 부러질 것 같다고."

"소우주야!"

준영이가 나직이 내 이름을 불렀다. 내가 말이 너무 심했나?

"아니, 나 때문에 너 비 많이 맞잖아."

나는 목소리를 낮추고 변명하듯 말했다. 준영이가 진지한 표정을 지었다.

"나, 죽고 나서 천국에 못 가면 어떡하지?"

"네가 왜 천국에 못 가? 착하고, 바르고, 교회도 얼마나 열심히 다니는데…….”

“나는 죄를 짓고 있잖아.”

“……. 사람이 사람을 사랑한다고 천국에 못 가?”

“…….”

준영이도 나도 말없이 걸었다. 하늘은 계속 비를 뿌려댔다.

“그럼 내 손 잡고 가.”

내가 말했다.

“응?”

“천국 말이야. 너 못 오게 하면 내가 네 손 꼭 잡고 끌고 갈게. 내가 먼저 죽으면 너 죽을 때까지 기다리고, 네가 먼저 죽으면 널 찾아서 꼭 데려갈게.”

천국은 개풀, 죽으면 끝이지. 나는 천국도 지옥도 믿지 않았다. 하지만 준영이를 안심시키기 위해서 그 순간은 천국이 있다고 믿었다. 천국에 가기 위해서 죄를 짓지 않기로 다짐했다.

9월이 왔다. 더위가 사그라들고, 칠판에 붙은 D-day는 하루하루 가까워지고 있었다. 그간 받아 온 모의고사 성적으로, 내년에는 준영이와 내가 서로 다른 곳에 있으리라는 예감이 사실이 되고 있었다. 준영이를 만난 이후로 우리가 처음으로 다른 소속이 된다. 수능 시험이 다가오고, 원서를 넣고, 준영이와 헤어지는 날이 다가오는 건 싫었다. 하지만 가을빛을 보는 건 좋았다. 파란 하늘, 흰 구름, 붉은 잎, 노란 잎, 황금 햇살에 마음이 차분해졌다. 나는 분위기 있는 가을 여인이니까. 헤헤. 아니 호 호 호, 우!

아파트 화단 단풍나무는 붉게 물들어 있었다. 나는 단풍나무 가지를 꺾었다. 엄마의 낡은 책 속에 들어 있던, 오래된 단풍나무 잎 책갈피가 생각났기 때문이다. 바짝 마른 단풍나무 잎에는 날짜와 장소, 이름이 쓰여 있었다. 나는 우리의 마지막 십 대 시절을 기념하며, 준영이에게도 단풍나무 책갈피를 주고 싶었다.

그런데 우리 김준영 어린이는 단풍나무 책갈피를 보면서, 꽃이나 나무를 꺾으면 그들도 고통을 느끼지 않을까요? 나는 있는 그대로가 좋아요,라고 생각할 것 같았다. 어쩐담? 나는 쪼그려 앉아 나뭇가지를 땅에 묻었다. 뿌리를 내리고 다시 자라지 않을까 싶었다. 근데 이건 아니지. 바보야? 나뭇가지는 손톱이 아니잖아. 꺾인 나뭇가지가 어떻게 다시 자라겠어? 나는 나뭇가지를 집으로 가져왔다. 긴 컵에 꽂고 물을 가득 부어 주었다. 강소주 어린이가 되어 나뭇가지가 오래오래 살기를 바랐다.

추석 연휴였다. 추석은 일요일이었지만 금요일부터 연휴가 시작되었다. 준영이는 목요일 밤 하굣길에 문자를 받고 하건우를 만나러 갔다. 나는 목요일 밤 이후 준영이를 만나지 못했다. 연락도 없었다. 대신 이개식 그 개자식에게서 연락이 왔다.

"내일 교회 꼭 와라."

"왜?"

"나 보러 오라고."

"너 때문에 안 갈 거거든."

"그럼 김준영 보러 오든가."

이개식이 기분 나쁘게 히죽거렸다.

"잠깐!"

전화를 끊으려는데 이개식이 소리쳤다.

"왜? 또 뭐?"

"내가 먼저 끊는다."

이개식이 전화를 끊어 버렸다. 지난 크리스마스 이후 이개식은 교회에 잘 나오지 않았다. 하지만 내일은 교회에 오는 모양이다? 왜?

준영, 내일 교회에 무슨 행사 있어? 이개식도 교회에 오는 것 같은데?

준영이에게 메시지를 보냈다. 답이 없었다. 메시지를 읽었는지 안 읽었는지 확인하는 기능이 있으면 참 좋겠다 싶었다. 다음날까지 준영이에게 답이 없었다. 나는 8시 30분 전에 교회에 갔다. 9시 30분 중고등부 예배에 맞추어 준영이도 그 시간이면 반주 연습을 하러 온다. 본당 안에는 하건우와 밴드가 연습을 하고 있었다. 그 둘레에서 몇 명이 구경하고 있었다.

8시 30분이 되자 준영이가 왔다. 손에는 카페에서 파는 긴 종이컵을 들고 있었다. 나는 준영이에게 손을 흔들었다. 준영이는 날 보지 못하고 하건우에게 먼저 인사를 했다. 하건우는 인사를 받는 둥 마는 둥 하며 자리를 떴다.

"형, 이거……."

준영이가 주머니에서 검은색 핸드폰을 꺼내 내밀었다. 준영이의 것은 아니었다.

하건우가 가던 길을 멈추고 핸드폰을 바라보았다. 핸드폰에 끔찍한 오물이라도 묻은 것처럼 엄지와 검지 끝으로 조심스럽게 핸드폰을 잡았다. 하건우의 손가락에 매달린 핸드폰이 열매처럼 대롱거렸다. 하건우가 나갔다. 악기를 다루던 사람들도 나가 버렸다. 구경하던 사람들도 하나, 둘 자리를 떠나 버렸다.

본당 안에는 준영이와 나만 남았다. 무슨 일이 일어나고 있었다. 준영이에게 다가갔다.

"형이 알아 버렸어."

준영이가 하얀 얼굴로 말했다.

"집에 가자."

나는 준영이의 팔을 끌어당겼다.

본당에서 나왔을 때 하건우와 그 패거리들이 자판기 앞에 모여 떠들고 있었다. 우리가 나온 걸 알아차리고는 대화를 멈추었다. 하지만 그들이 내뱉은 말은 주워 담을 수 없었다. 깨진 유리 조각이 되어 준영이와 나, 우리 둘의 가슴을 긁었다. 조각 몇 개는 준영이의 심장에 박혔을 것이다.

나는 준영이의 손을 잡았다.

"나가자. 이곳에서."

나는 준영이를 힘껏 잡아당겼다. 그 바람에 준영이의 손에 들려 있던 종이컵이 툭 떨어졌다. 뚜껑 열린 종이컵에서 얼음 조각과 검은 물이 흘러나왔다. 아이스 아메리카노였다. 준영이는 내 손에 이끌려 힘없이 따라왔다. 하건우 패거리들의 시선이 뒷덜미에 꽂혔다. 나는 아무렇지도 않은 듯이 걸었다. 평소처럼 씩씩하게 걸었다.

교회 문을 밀고 나왔다. 이개식이 계단을 올라오고 있었다.

"뭐야? 벌써 가는 거야?"

우리는 이개식 그 개자식을 무시하고 계속 걸었다.

"아무 일도 없었던 거야? 끝난 거야? 아깝게 놓친 거야?"

이개식이 계속 소리쳤다. 이거였구나. 이개식이 어제 전화를 건 이유가 이거였구나. 이개식 그 개자식이 전화를 했을 때 낌새를 알아차렸어야 했다. 너무 쉽게 듣고 흘려보냈다. 그러지 말았어야 했다. 그냥 듣고 흘려버리지 말았어야 했다.

하지만 지금은 흘려버려야 할 때이다. 이개식의 말도, 저 패거리의 말도, 저들의 시선도…… 모두 쉽게 흘려버려야 한다. 나는 준영이의 손을 잡고 계속 걸었다. 우리가 가는 곳이 천국은 아닐지라도 이곳이 지옥임은 분명했다. 나는 준영이의 손을 힘주어 꼭 잡았다.

길을 잃고서

남자가 튜브 뚜껑을 열었다. 튜브에서 투명한 젤이 흘러나왔다. 젤은 누나가 바르는 수분 크림처럼 부드러웠다. 하지만 피부에 스며들지는 않았다.

"게이들이 다 분홍색을 좋아하는 줄 아나 봐."

남자가 말했다. 젤은 분홍색 싸구려 용기에 담겨 있었다. 에이즈 퇴치 연맹에서 게이들에게 공짜로 나누어 주는 물건이었다.

나는 지금, 오늘 처음 만난 남자와 싸구려 모텔에서 싸구려 젤 향을 맡으면서 싸구려 침대에 누워 있다. 내 머리맡에는 싸구려 콘돔도 뒹굴고 있다.

"좀 엎드려 볼래?"

나는 말없이 남자를 바라보았다.

"너 분홍색 좋아해? 나는 싫어하는데 넌 무슨 색 좋아해? 난 파란색이 좋아. 짙은 파랑. 우울 불안 상실 고독을 상징하지. 너도 파란색 좋아해? 난 너무 고독해. 잠에서 깨어났을 때부터 잠들 때까지. 잠들어서도 고독해. 새벽에 깨어나서 엉엉 운다니까. 고독해서. 넌 무슨 색을 좋아한다고 했지? 분홍색 좋아해?"

내 침묵이 부담스러웠던지 남자는 끊임없이 주절거렸다.

"아니요."

"그렇지? 일반들만 우리가 분홍색을 좋아한다고 생각한다니까. 아예 콘돔도 분홍색으로만 만들지 그래?"

우리. 그래, 나는 이 남자와 '우리'였다.

그날 저녁, 나는 결코 '우리'가 될 수 없는 그 사람과 농구장 바닥에 누워 있었다. 가을바람이 불어와 젖은 머리카락을 말려 주었다. 바닥이 서늘하여 몸속 열기와 피로를 빨아들여 주었다. 늦은 밤이었다. 고요했다. 밤하늘 아래, 건우 형과 나 둘뿐이었다.

추석 연휴가 시작되기 전날, 소주와 하교하는 길에 문자를 받았다. 건우 형이었다.

농구 한 판 어때?

나는 연휴 때문에 들뜬 소주를 쳐다보았다.

"건우 형이 농구 하자는데 너도 갈래?"

"됐거든!"

소주가 단칼에 거절했다. 나는 소주를 보며 잠시 망설였다. 여자 친구들은 함께 있다가 혼자 남겨 두고 가버리면 서운해 할 때가 많았다. 그것도 탐탁스럽지 않은 친구에게 가버리면 많이 속상해 하기도 했다. 나는 소주가 건우 형을 못마땅하게 여기는 걸 알고 있었다.

"너 가서 해. 나는 쉴래."

소주가 웃으면서 말했다. 나는 건우 형에게 답을 보냈다.

좋죠!

건우 형에게 즉시 답이 왔다.

공원 농구장으로!

공원 입구에서 소주와 헤어진 뒤 농구장으로 향했다. 농구장으로 이어지는 오솔길에 들어섰다. 남자들의 고함, 농구장 바닥을 통통 튕기는 농구공 소리가 화음처럼 들려왔다. 농구장에는 건우 형과 용원이 형, 준수 형, 수민이 형이 있었다. 다른 형들은 건우 형의 동네 친구였다. 준수 형은 교회에서도 가끔 만났다.

건우 형은 나를 보자마자 합류하라고 손짓했다. 나는 벤치에 가방을 던져 놓고 코트 안으로 뛰어들었다. 혼자 농구를 하러 온 대학생 형까지 합류해서 3대 3 경기를 했다. 건우 형과 혼자 온 대학생 형, 내가 한 편이 되었다.

땀을 한 바가지나 쏟고 나서야 경기가 끝났다. 경기에서 진 형들이 건우 형과 대학생 형에게 맥주를 사겠다고 제안했다. 나에게는 콜라나 사이다를 사주겠다고 했다. 건우 형은 몸을 만드는 중이라서 맥주도, 안주도 먹을 수 없다며 거절했다. 건우 형이 가지 않는다면 나도 갈 이유가 없었다.

다른 형들이 가고 난 후, 건우 형과 나는 다시 경기를 했다. 운동 신경이 좋지는 않았지만 농구는 내가 좀 하는 종목이었다. 그런데도 건우 형을 이길 수는 없었다. 건우 형은 운동이라면 모든 종목에 능했다. 우리는 지쳐서 죽기 전까지 뛰었다.

머리부터 발끝까지 온몸이 땀에 절었다. 나는 교복 셔츠를 벗었다. 얇은 면 티셔츠 바람으로 바닥에 주저앉았다. 건우 형은 면 티셔츠를 벗고 맨몸으로 주저앉았다. 그래도 땀이 식지 않았다. 머리카락부터 얼굴이며 목덜미 가슴까지 온몸이 축축했다. 우리는 수돗가로 갔다. 얼굴과 목을 씻었다. 건우 형은 등까지 씻었다. 벤치로 돌아오면서 형이 머리를 흔들며 물기를 털어냈다. 나는 가방에서 손수건을 꺼내 건우 형에게 내밀었다.

"깨끗한 거예요."

"자식, 남자가 무슨 손수건은……."

"신사의 필수품이죠."

건우 형이 웃으며 손수건을 받아 들었다. 얼굴과 목덜미를 닦고 나서 손수건을 탈탈 털어 내게 내밀었다. 나도 손수건을 받아서 얼굴을 닦았다. 손수건에서 물 냄새가 났다.

벤치에 앉았다. 건우 형이 자판기에서 스포츠 음료를 뽑아 왔다. 나는 감사합니다, 하고 음료를 두 손으로 받았다. 건우 형이 음료를 단숨에 마시고 깡통을 찌그러뜨렸다. 후, 하고 한숨을 쉬었다.

"무슨 일 있으세요?"

"아니."

나는 음료를 마셨다. 건우 형이 입을 열었다.

"사람이, 마음이, 사람의 마음이, 사랑이 마음대로 되지는 않아. 그지?"

"네?"

건우 형의 얼굴을 바라보았다. 달라져 있었다. 건우 형의 얼굴은 늘 긍정과 자신감에 차 있었는데 오늘은 그 얼굴에 푸른 상실감이 어려 있었다.

"내가 참, 애를 데리고 무슨 소릴 하는지……."

가로등 불빛이 형광 분을 뿌린 듯 건우 형의 얼굴을 환하게 비추었다.

"내가 너를 참 좋아하나 보다. 이해해라."

나는, 저도 형이 참 좋아요,라고 말하지 못했다. 미소만 지었다.

"네가 참 편해."

저도 형이 참 편했으면 좋겠어요. 나는 마음속으로 속삭였다.

건우 형이 핸드폰을 꺼내 뮤직 플레이어를 켰다.

"비지엠BGM이 필요하잖아."

형이 웃으며 농구장 바닥에 널브러졌다. 나도 건우 형과 나란히 바닥에 누웠다. 우리는 말없이 노래를 들었다. 모든 것이 좋았다. 바람도 공기도 나무도 하늘도 별도 음악도 건우 형도.

퀸의 '러브 오브 마이 라이프Love Of My Life'*가 빗물처럼

* 내 인생의 사랑.

내 마음을 두드렸다. 잔잔히 흐르는 강물, 피아노 선율, 강물에 떨어지는 햇살, 하프 소리에 이어, 프레디가 보랏빛 노을을 닮은 목소리로 사랑의 아픔을 노래하고 있었다. 건우 형이 낮게 노래를 따라 불렀다. 하늘에는 몇 개의 별이 반짝였다. 땅에는 부드러운 바람이 불고 있었다. 축축한 머리카락 사이로 바람이 살랑거렸다.

"마음을 전했어요?"

"어."

"근데 거절당했고요?"

"어."

"그래서 마음이 아프고요?"

"아니 뭐. 아프다기보다는 쪽팔려서……."

형이 계면쩍게 웃었다.

"마음을 전하는 게 부끄러운 일이에요?"

"그건 아니지만…… 까였으니까 쪽팔리는 거지."

"그래도 저는 형이 부러워요. 마음이라도 전할 수 있으니까요."

건우 형이 내 쪽으로 고개를 돌렸다.

"너도 좋아하는 사람 있구나. 소주는, 그래 걔는 확실히 아니더라. 예쁘냐?"

"예쁘냐가 중요해요?"

내가 웃으며 물었다.

"그건 아니지만…… 예쁘냐?"

"예쁘다기보다는……."

"근데 왜 마음을 못 전해? 진짜 남자답게 용기내서 고백하는 거야."

"사정이 있어요."

"무슨 사정?"

"마음을 전할 수 없는 사정이요."

"그게 뭐냐니까?"

"그게……."

"난 너한테 숨김없이 다 이야기하는데 넌 이 형한테 비밀 있기야?"

"죄송해요."

나는 자리에서 일어났다. 건우 형도 일어나 앉았다.

"너 왜 그래? 잘 안 돼? 이 형이 도와줄까?"

"죄송해요."

나도 모르게 눈물이 차올랐다.

"어휴, 인마, 힘들면 형한테 말을 하지. 왜 혼자 끙끙 앓고 있어?"

"형."

나는 건우 형의 손목을 잡았다.

"이 자식이 왜 이래? 징그럽게?"

건우 형이 내 손을 뿌리쳤다. 나를 가볍게 한 대 치려다가 말았다. 내 눈 밑이 뜨거워졌다. 눈물이 흘러나왔다.

"김준영, 너 우냐?"

나는 손으로 눈물을 훔쳤다.

"무슨 사정인지는 모르겠지만 남자는 눈물 보이는 거 아니야."

"형을 좋아해요."

"자식 징그럽게, 안다 인마."

"저 형을 정말 좋아해요."

"……."

건우 형이 핸드폰 뮤직 플레이어를 껐다. '러브 오브 마이 라이프'가 끝났다.

"형을 좋아하면 안 되는데 형이 좋아요. 미안해요."

"너 혹시……."

"형한테 바라는 건 아무것도 없어요. 미안해요."

"늦었다. 난 집에 빨리 가 봐야 해서……."

건우 형이 티셔츠와 가방을 챙겨서 뛰기 시작했다. 건우 형이 가고 난 자리에는 검은 핸드폰이 놓여 있었다.

무언가 잘못되었다. 건우 형의 눈빛, 형의 표정은 내가 처음 본 것이었다. 내가 알던 형의 것이 아니라 낯선 이의 것이었다. 음성으로 소리내지는 않았지만 건우 형은 온몸으로 당혹스럽다고 말하고 있었다. 싫다고, 징그럽다고 말하고 있었다. 건우 형의 얼굴은 보아서는 안 될 것을 본 어린아이처럼 경계심과 두려움을 내뿜고 있었다.

건우 형에게 진심을 털어놓겠다는 생각은 없었다. 좋아한다고 말할 의도도 없었다. 내가 건우 형에게 고백하고 싶었던 건 당신을 좋아한다는 진심이 아니라, 내가 게이라는 진실이었다. 건우 형에게도 정직하게 커밍아웃 하고, 형과 진짜 친구가 되고 싶었다.

내 잘못이다. 나는 아무도 좋아해선 안 되는데, 누군가를 좋아하더라도 그 마음을 얼른 내버렸어야 하는데, 당장 내버릴 수 없다면 꾹꾹 눌러 담았어야 하는데……. 꾹꾹 눌러 담아 곪아 터지더라도, 혼자 피고름을 짜내고 긁고 닦아내더라도, 그 마음을 숨겼어야 하는데 그러지 못했다.

이제 다시 건우 형을 볼 수 있을까…….

금요일, 토요일 내내 건우 형에게 소식이 없었다. 형이 핸드폰을 두고 간 사실을 알아차리고 전화를 할지도 모른다고 생각했다. 형의 핸드폰을 한순간도 놓지 않고 쥐고 있었다. 연락이 오지 않았다. 핸드폰은 한 번도 울리지 않고 검은 동굴 속으로 꺼져 버렸다.

교회에 가도 될까 고민했다. 교회에 가서 건우 형을 보기가 두려웠다. 겁이 났다. 불안했다. 하지만 형에게 핸드폰을 돌려주어야 했다. 예전에 스쿼트 내기에서 졌을 때, 내가 외상으로 달아 놓은 아이스 아메리카노도 갚아야 했다. 어쨌든 건우 형과 멀어지더라도 내가 돌려줄 건 돌려줘야 했다.

사실 교회에 가기 전까지 아주 조금, 기대도 했다. 건우 형에게 핸드폰을 돌려주고 아이스 아메리카노를 건네면 형은 아무 일 없었다는 듯, 내 어깨를 치고 웃을지도 모른다고 기대했다. 답례로 블랙커피를 사 줄 수도 있겠다고 희망을 품었다. 그럼 나는 건우 형에게 사과해야지.

그러나 현실은 늘 기대를 저버리는 법. 오늘도 예외는 없었다. 이제 다시는, 건우 형을 볼 수 없을 것이다.

소주의 손에 이끌려 교회에서 나온 후, 독서실에 앉아 있었다. 아무것도 하지 않았다. 밥때가 되면 소주를 따라 밖으로 나갔다. 소주가 시켜 주는 음식을 먹었다. 식사가 끝나면 소주를 따라 들어왔다. 자리에 앉아 아무것도 하지 않았다. 소주가 오면 또 나가서 밥을 먹고, 또 들어와 앉았다. 밤이 왔다.

새벽 1시가 넘어서 집으로 돌아왔다. 가족은 모두 자지 않고 나를 기다리고 있었다. 현관문 도어락의 번호를 두 자리

눌렀다. 안에서 문을 여는 소리가 났다. 막내 누나가 나왔다. 그 눈빛에서 가족들이 전부 알아 버렸다는 사실을 읽을 수 있었다.

집 안에는 기름진 음식 냄새가 났다. 그러고 보니 오늘은 추석이었다. 낮에 소주에게 식구들이 시골로 내려갔다는 이야기를 들은 것도 같았다. 명절과 어울리는 고소하고 맛깔스러운 냄새가 났다. 명절과 어울리지 않는, 무거운 분위기도 떠돌고 있었다.

"목사님한테 전화 왔었어."

막내 누나가 속삭이듯 말했다.

"응."

"들어와."

"응."

대답은 했지만 현관 센서 등이 꺼질 때까지 움직일 수 없었다. 거실에서 새어나오는 빛이 복도의 어둠을 하얗게 부수고 있었다. 어두컴컴한 복도를 지나 환한 거실로 갈 용기가 나지 않았다. 가족을 대면할 용기가 생기지 않았다. 우리 집을 밝히는 빛을 내가 걷어내고 싶지 않았다.

나는 가짜 신분증을 지닌 도망자였다. 아우팅은 추적자처럼 나를 따라다녔다. 나는 추적자에게 잡힐까 봐 늘 불안했다. 공포에 떨었다. 그러면서도 아우팅 순간을 맞닥뜨릴 수 있다고, 별일 아니라고, 괜찮다고 예방 주사를 놓았다. 하지만 가족에게는 아니었다. 내 가족에게는 엄청난, 너무 엄청나서 테러처럼 느껴지는 나의 비밀을 이런 식으로 알리고 싶지는 않았다.

센서 등이 다시 켜졌다. 작은 누나가 현관까지 나왔다.

"들어가."

누나가 내 손을 잡았다. 제 티셔츠 자락에 내 손을 문질렀다.

"땀이 많이 났네."

작은 누나를 따라 거실로 갔다. 어머니가 선 채로 안절부절 못하다가 나를 보고 엷은 미소를 지었다. 미간 주름이 풀어졌다가 다시 잡혔다. 어머니를 보니 울음이 터질 것 같았다.

"준영아, 너 아니지?"

큰 누나가 소파에서 일어나 조심스레 물었다. 추석 당일을 큰 누나는 시댁에서 보내는데 오늘은 집에 와 있었다. 매형과 조카가 보이지 않아서 다행이었다.

"건우가 오해한 거지?"

큰 누나의 간절한 눈빛이 은빛 칼날이 되어 내 가슴에 꽂혔다.

응,이라고 대답하고 싶었다. 응,이라고 대답해서 아버지를 실망시키지 않고, 어머니를 슬프게 하지 않고, 누나들을 걱정스럽게 하지 않을 수 있다면, 내 목소리가 닳아 없어질 때까지 응,이라고 말하고 싶었다. 하지만 거짓을 말할 수 없었다. 나 때문에 상처 입은 가족들을 더 이상 속일 수 없었다. 나는 목이 부러진 인형처럼 고개를 떨구었다.

어머니가 달려와 나를 붙들었다.

"준영아, 너 그거 아니야. 우리 준영이가 그럴 리 없어."

"죄송해요."

"준영아……."

어머니가 쓰러지듯 바닥에 주저앉았다. 작은 누나가 어머니를 부축했다.

아버지는 소파 옆에 놓인 협탁 서랍을 뒤졌다. 담배를 찾는 듯했다. 하지만 오래전 담배를 끊은 터라 담배가 나올 리 없었다. 아버지의 손이 떨리고 있었다.

"아니야, 그럴 리 없어. 내일 당장 병원 가자. 병원 가서 검사해 보자."

"엄마, 그거 검사한다고 달라지고 그런 거 아니야."

막내 누나가 말했다.

"아니 고칠 수 있어. 목사님 말씀이 고치는 사람도 많대."

어머니가 내 다리를 붙잡고 눈물을 쏟았다.

"엄마, 병 아니에요. 준영이한테 그러지 마세요."

작은 누나가 어머니를 말렸다.

“김 서방한테 내일 당장 검사하자고 해라.”

어머니가 큰 누나에게 말했다.

큰 누나가 네, 하고 고개를 끄덕였다.

“형부는 정형외과인데 대체 무슨 검사를 한다는 거야?”

막내 누나가 구시렁거렸다.

아버지가 한숨을 크게 내쉬고는 서재로 들어가 버렸다.

“죄송해요.”

나도 방으로 들어왔다. 가방을 내려놓고 침대에 누웠다. 옆으로 돌아누워 몸을 둥글게 웅크렸다. 상심한 아버지와 어머니를 생각하니 침대에 바로 누워 있는 것조차 죄스러웠다.

막내 누나와 작은 누나가 들어와 침대에 걸터앉았다.

“미안해.”

웅크린 채 내가 말했다. 내가 할 수 있는 말은 이 말밖에 없었다.

“뭐가? 괜찮아.”

막내 누나가 아무렇지도 않다는 듯이, 아니 아무렇지도 않은 척을 하며 시원스럽게 대답했다.

“미안해.”

온 힘을 다해 꾹 참았던 눈물이 흘러내렸다.

“괜찮아. 네가 미안해 할 일이 아니야.”

작은 누나가 내 등을 쓸어 주었다. 작은 누나도 울고 있었다. 나는 일어나서 작은 누나를 보았다.

"울지 마."

응, 하면서 작은 누나는 더 심하게 흐느꼈다.

"울지 마, 누나. 미안해."

"내가 우는 건, 준영아. 네가 게이라서 우는 게 아니야. 난 괜찮아. 네가 게이라도 괜찮아."

"응."

나도 울음이 터졌다.

"다만 이 세상이 널 얼마나 힘들게 했을까, 앞으로 네가 이 세상에서 얼마나 힘들게 살아갈까, 그걸 생각하니 속상해서 우는 거야. 네가 게이라서, 사람들이 네가 게이라는 것만 보고, 네 모습을 보지 못할까 봐, 네 좋은 모습을 보지 못할까 봐, 그게 속상해서 우는 거야."

"응."

나는 고개를 끄덕였다.

"네가 얼마나 착하고 배려 깊고 다정한지, 또 네가 얼마나 피아노를 잘 치고, 팝송을 잘 부르고, 인물화를 잘 그리고, 독후감을 잘 쓰는지, 또 너는 어려운 수학 문제도 재밌게 풀고, 지루한 바느질도 꼼꼼히 하는데……, 네가 얼마나 좋은 아이인데, 사람들이 네가 게이라서 네 좋은 점을 보지 못할까 봐, 그게 속상해. 그게 속상해서 우는 거야."

"언니야, 재가 그 정도는 아니거든."

막내 누나가 끼어들었다. 막내 누나도 눈물을 흘리고 있었다. 누나가 눈물을 닦으면서 작은 누나에게 티슈를 내밀었다. 작은 누나가 티슈를 내 손에 쥐여 주었다.

"너 괜찮은 거지?"

막내 누나가 작은 누나에게 다시 티슈를 쥐여 주며 내게 물었다.

"응."

"그래, 그럼 다 괜찮은 거야. 자라."

막내 누나가 작은 누나를 데리고 방을 나갔다. 나는 다시 침대에 쓰러졌다. 눈을 감았지만 잠이 오지 않았다.

추석 연휴가 끝나고, 난생 처음으로 결석했다. 어머니를 따라 매형이 근무하는 병원으로 갔다. 정형외과 전문의인 매형은 제법 규모가 있는 척추관절 전문 병원에서 근무하고 있었다. 이 병원에는 정형외과 말고도 신경외과와 내과가 있었다. 혈액 검사와 소변 검사를 하고, 흉부 엑스레이를 찍고, 뇌 엠알아이를 찍었다. 어머니는 노심초사하며 결과를 기다렸다. 검사 결과에서 아무런 이상을 발견하지 못하자 어머니는 더 노심초사했다.

그 다음은 신경정신과였다. 매형이 소개해 준 신경정신과도 있었고, 우리 동네에도 신경정신과가 몇 개 있었지만, 어머니는 서울 강남에 있는 신경정신과로 나를 데려갔다. 신경정신과에서는 질문지로 검사를 받았다. 학교에서 했던 다면적 인성 검사와 비슷했지만 문항 수가 훨씬 더 많았다. 5백 문항 가까이 되었다. 끝까지 집중력을 흩뜨리지 않고 성실하게 답하는 사람이 몇이나 될까, 생각하면서 최선을 다해 검사에 응했다. 성실하고 정직한 검사 결과가 어머니의 근심을 조금이라도 덜어 주기를 바랐다. 이 검사도 내게서 병을 찾지 못했다. 대신 어머니가 약을 받아서 왔다. 불안감을 덜어주고 밤에 잠을 잘 잘 수 있게 돕는 약이라고 했다.

매형의 병원과 신경정신과에서 발견하지 못한 이상은 한의원에서 발견되었다. 어머니는 안도했다. 머리카락이 기름지고 배가 나온 한의사는 점쟁이 같았다. 내 증상과 습관을 맞추었다. 한 번도 병이라고 생각해 본 적 없는 것들이었다. 손톱에 하얀 줄이 생기는 것, 가끔씩 종아리 근육이 떨리는 것, 오른쪽 어깨가 뻐근한 것, 밤에 잠을 자다가 화장실을 가는 것, 물을 잘 마시지 않는 것 등이었다.

"자다가 화장실 안 가는 사람도 있어요?"

"건강한 사람들은 안 가. 밤에 잠들면 아침까지 내리 자지."

어떻게 자다가 화장실을 안 갈 수 있지, 의심이 들었다. 그런데 신기하게도 한약을 먹은 다음부터 자다가 화장실을 가기 위해 깨는 일이 없어졌다. 그리고 당연하게도 한약을 먹은 다음에도 내 성 정체성은 바뀌지 않았다. 아니 세상에 있는 모든 약을 먹더라도 바뀌지 않는다. 어머니만 제외하고 모두 다 알고 있었다.

학교에는 가지 않았다. 어머니가 담임 선생님을 만났다. 진단서를 내고 질병 결석계를 제출했다. 밖에도 나가지 않았다. 이따금 소주가 집으로 왔다.

"담임 샘이 너 걱정하더라. 수능이 코앞인데 많이 아파서 어떡하냐고."

"선생님은 아직 몰라?"

"어."

"애들은 다 알지?"

"애들은 뭐 그냥, 어느 정도……."

소주답지 않게 대답을 피했다. 교회에 나오는 아이들이 알고 개식이가 알았으니 아마 학교 전체가 다 알 것이다. 여기저기서 말들이 많을 것이다. 어쩌면 학교에 가지 않아서 다행이었다. 아직은 나를 김준영이 아니라 게이로 보는 아이들의 시선을 마주할 준비가 되지 않았다.

어머니는 매일 새벽 기도를 다녔고, 주일 예배에는 나와 동석했다. 주일마다 교회에서 건우 형을 마주치긴 했다. 안녕하세요,라고 목례를 하면, 건우 형은 어색한 말투와 표정으로 어, 너도,라고 답하고는 금방 자리를 떴다.

누나들은 전과 다름없었다. 아버지도 전과 다름없이 만나기가 어려웠다. 전에는 아버지가 주무실 때 내가 학교에 갔다. 이제는 내가 잘 때 아버지가 학교에 가셨다. 아버지는 늦은 밤까지 연구실에 있다가 내 방에 불이 꺼진 다음에야 들어왔다. 하지만 나는 알았다. 아버지가 혼자 현관문을 열고 들어선 다음 내 방문 앞에서 잠시 멈춰 섰다가 안방으로 걸음을 옮긴다는 사실을. 나는 아버지가 출근할 때나 퇴근할 때나 불 꺼진 방에서 누워 있었지만 깨어 있었다.

하루 세 번 밥을 먹고 하루 세 번 한약을 먹었다. 내 방에 틀어박혀서 온종일 문제를 풀었다. 어쨌든 나는 수험생이고, 시험을 봐야 하니까. 나는 내가 무슨 질병으로 결석하고 있는지도 모르면서 질병 결석 중이었다. 그리고 진짜로 병이 들어가고 있었다.

수능 예비 소집 전 날, 어머니는 함께 교회에 가자고 했다. 큰일을 치르기 전에 '죄'를 고백하고 하나님의 은총을 청하기를 원했다. 하나님은 이미 내 기도를 외면했지만 어머니의 마음이 편해진다면 나는 천 번이라도 기도할 수 있었다. 또 내일이면 예비 소집에서 아는 아이들을 만나야 했다. 기도를 드리고 마음을 가다듬는 것도 나쁘지 않겠다 싶었다.

교회에 도착했다. 어머니가 예배를 보는 본당이 아니라 사목실로 나를 데려갔다. 사목실에는 목사님 사모님도 함께 계셨다. 목사님과 사모님은 전보다 더 다정하게 나를 맞아 주셨다. 나는 자리에 앉아서 사모님이 내 주신 우유를 마셨다.

"준영아, 목사님이 꼭 너를 치료해 줄게."

어머니, 이건 아니잖아요, 나는 어머니를 보았다. 어머니가 내 손을 꼭 잡았다가 놓으면서 말했다.

"목사님 앞으로 가."

나는 무릎걸음으로 목사님 앞으로 갔다. 무릎을 꿇었다. 목사님도 무릎을 꿇고 오른손을 내 머리에 얹었다. 나를 '치료'하기 위해 안수기도를 시작하셨다.

"아버지 하나님, 아버지의 귀하고 사랑스러운 어린 양이 방황하고 있습니다. 사탄의 꼬임에 빠져 죄를 짓고 있습니다. 길 잃은 어린 양을 돌보시어 아버지의 나라로 인도하소서. 부디 이 어린 양을 용서하시고 새롭게 하시어 아버지의 품안으로 인도하소서."

정말 나는 아버지 하나님의 귀하고 사랑스러운 어린 양일까. 나는 정말 사탄의 꼬임에 빠져 죄를 짓고 있을까. 아버지 하나님의 대답 대신 사모님과 어머니가 아멘, 아멘, 하고 답했다.

나는 가슴이 답답해져 왔다. 몸에서 열이 나는 것도 같았다. 숨이 막혀 왔다. 신경 조직이 꾸물거리다가 나를 옥여 죄는 것 같았다. 당장 이곳을 나가지 않으면 몸이 폭발해 산산조각날 것 같았다.

기도가 끝나자마자 서둘러 인사를 하고 사목실을 떠났다. 교회 밖으로 나와 몇 번이고 숨을 들이쉬고 내쉬었다. 큰길을 건너 공원으로 진입했다. 아주머니들이 모자와 마스크로 얼굴을 가리고 공원 둘레를 빠르게 걷고 있었다. 아주머니들이 나를 힐끔댔다. 사실은 내게 무관심할지도 모르겠다. 내 느낌이 그랬다. 평일 오전에 공원을 배회하고 있으니 모두 나만 힐끔거리는 것 같았다.

집으로 가기도 싫었다. 그 어디에도 가기 싫었다. 무작정 공원을 벗어나 큰길로 나왔다. 시가지를 벗어나 작은 식품 공장이 나올 때까지 걸었다. 공장 앞에선 남자 몇이 담배를 피우고 있었다. 또 걸었다. 빌딩이 보이고, 아파트가 보이고, 지하철역이 보였다. 나는 유령처럼 지하철역 안으로 빨려 들어갔다.

•

남자의 코 고는 소리가 잠을 깨웠다. 어젯밤 이태원 게이힐에서 만난 남자였다. 침대 옆에 놓인 스탠드의 줄을 잡아당기고, 핸드폰을 찾았다. 핸드폰 시계는 11시를 알려 주고 있었다. 창은 벽장처럼 닫혀 있었다. 빛 한줄도 들어오지 않았다. 순간 밤인가, 싶었지만 그건 아니었다. 이 남자를 처음 만났을 때가 밤 11시였다.

아주 오래도록 잠을 잤다. 한약의 효과는 좋았다. 한 번도 깨지 않고 지금까지 잤다. 남자는 편안한 자세로 잠들어 있었다. 남자가 숨을 쉴 때마다 남자의 가슴이 오르락내리락했다. 남자를 보고 있자니 이곳에서 빨리 나가고 싶었다. 나는 얼른 옷을 주워 입고 밖으로 나왔다.

모텔을 나와 경사진 골목을 내려왔다. 또 골목이 나왔다. 골목 주변으로 해장국, 감자탕, 매운탕, 물회 등을 파는 식당이 있었다. 문 닫힌 술집들도 있었다. 골목에서는 쓰레기 냄새가 났다. 썩은 음식 냄새도 났다. 술 냄새도 났다. 식도에서 신물이 올라왔다. 속이 메스꺼웠다. 나는 길이 난 곳을 찾아 주변을 두리번거렸다. 이곳이 어디인지, 어디로 나가야 할지 막막했다.

바람이 찼다. 가을이 끝나 있었다. 처음 만난 남자와 처음와 본 장소에서 처음으로 잤다. 나라는 인간이 역겨웠다. 목사님이 적어도 한 가지는 옳았다. 나는 길을 잃었다.

어른이 되면

준영이가 학교에 나오지 않은 지 한 달이 지났다. 그동안 나는 아이들에게 관심을 많이 받았다. 친한 친구들, 친하지 않은 친구들, 내가 잘 모르는 아이들까지 나와 이야기하고 싶어 했다. 준영이 오면 직접 물어봐,라며 대화를 차단해도, 여자아이들은 샘물 같았다. 퐁퐁퐁 말이 솟아나왔다.

"어쩐지 좀 여성스럽다고 했어."

"맞아. 김준영이 좀 섬세한 데가 있지."

"다른 남자애들과 달리 깔끔하잖아."

"그래서 좋아. 욕도 안 하고, 착하잖아."

"맞아. 유치하지도 않고……."

모두가 그럴 줄 알았다고 했다. 마지막에는 연예인 누구누구가 게이라더라,로 끝이 났다. 다행히 준영이에 대한 여자아이들의 반응은 나쁘지 않았다. 여자아이들은 별로 개의치 않았다. 그래? 그렇구나, 그래서 뭐? 그럴 수도 있지,라고들 했다.

남자아이들은 달랐다. 물론 신경을 쓰지 않는 아이들도 있었다. 이 아이들은 원래 다른 일에도 신경 쓰지 않았다. 언제나 조용했다. 학교에서 일어나는 크고 작은 일에 흔들리지 않았다. 제 할 일만 했다. 하지만 많은 남자아이가 준영이를 비난했다. 마치 모두가 준영이에게 한번쯤 구애라도 받아 본 적이 있는 듯, 꼴값을 떨어댔다. 준영이의 물건을 만졌다고, 준영이와 어깨동무를 했다고, 준영이가 마시던 물을 마셨다고 몸서리를 쳤다.

당장 일어나고 싶었다. 달려가고 싶었다. 저것들과 한판 뜨고 싶었다. 하지만 교실을 소란스럽게 할 수는 없었다. 쉬는 시간에도 공부를 하거나, 쉬는 시간에만 겨우 눈을 붙이는 아이들이 있었다. 또 저것들에게 준영이 일을 더 요란하게 떠들어댈 빌미를 줄 수 없었다. 연예인 스캔들처럼 잊히고 잦아들길 바랐다. 그 아이들의 머리가 나빠서 다행이라고 생각했다.

나는 아이들의 이야기를 듣기 싫을 때마다 이어폰을 꽂고 화를 가라앉혔다. 퀸의 '돈 스탑 미 나우Don't Stop Me Now'*를

* 지금 날 막지 마.

들으며, 2백 도로 불타올라 빛의 속도로 하늘을 여행하고 있노라고 상상했다. '나는 즐거운 시간을 보내고 있다. 나는 즐거운 시간을 보내고 있다' 마음속으로 되뇌었다.*

오늘은 담임까지 나를 불렀다. 담임은 미혼이라는 이유로 7년째 고3 담임을 맡고 있었다. 가끔씩 하루 종일 학교에 있는데 어떻게 시집을 가냐며 농담 아닌 농담을 했다. 담임은 수험생보다 더 고단해 보였다. 화장기 없는 얼굴과 하나로 동여맨 머리, 면 티에 면바지 차림이 친근해 보이기보다는 피로를 한층 더 도드라지게 했다. 내가 가까이 가자 담임은 내 손을 잡고 의자에 앉으라고 했다. 이야기가 길어질 것 같았다.

"아이들한테 이상한 이야기를 들었는데……."

준영이 이야기를 꺼낼 모양이었다. 담임은 내 대답을 기다리는 듯했으나 나는 뭐라고 말해야 할지 몰랐다.

"준영이가 진짜로 아파서 결석하는 게 아니라고 하더라."

"그럼 어떻게 되는데요?"

"진단서가 있으니까 질병 결석 요건은 돼. 근데 결석을 오래 하면 유예 처리 돼서 졸업을 못할 수도 있어."

* 위 노래 가사 중 I'm burning through the sky yeah! two hundred degrees.(난 2백 도로 하늘로 불타오르고 있어) / I'm travelling at the speed of light(나는 빛의 속도로 여행하고 있어) / I'm having such a good time(나는 즐거운 시간을 보내고 있어) 참고.

"그럼 언제까지 결석할 수 있어요?"

"12월부터는 학교에 나오면 좋겠는데……."

담임도 나도 대화의 중심으로 들어가지 못한 채 언저리에서만 빙빙 맴돌았다.

"학교에 나오긴 힘들 것 같니?"

담임이 밥에 뜸을 들이듯 머뭇거리다가 물었다.

"네, 아마도……. 잘 모르겠어요."

나도 뜨뜻미지근하게 대답했다.

한 달 반의 시간이 지나고 12월이 오면 준영이 어머니도 준영이가 환자가 아니라 게이일 뿐이라는 사실을 인정하게 될까?

"많이 아픈 건 아니지?"

"네."

"그래, 건강이 나쁜 건 아니라니 다행이다."

나는 담임에게 인사를 하고, 밖으로 나가다가 다시 담임을 보았다.

"샘!"

담임이 피곤한 눈으로 나를 쳐다보았다.

"준영이 학교에 와도 괜찮을까요?"

"괜찮게 해야지."

담임이 입가에 미소를 만들어 보였다. 눈빛은 수심을 가득 안은 채.

6교시 영어 시간이었다. 미국의 장애인 편의 시설을 소개하는 글을 읽고, 담임은 장애인 차별 금지법에 대해 이야기를 꺼냈다. 신체적, 정신적으로 장애가 있다고 해서 장애인을 차별하면 사법 처리를 받을 수 있다고 했다. 차별에는 모욕감을 주거나 비하하는 일도 포함된다고 했다.

"성 소수자도 마찬가지야. 성적으로 소수자에 속한다고 해서 정신적으로나 신체적으로 학대에서는 안 돼."

"호모한테 싫다고 말도 못 해요?"

줄곧 창밖을 보며 턱을 괴고 있던 이개식이 말했다.

"개식아, 우선 '호모'가 아니라 '게이'이고, 그들을 싫어하는 건 네 자유지만, 싫어한다고 해서 그들에게 네 감정을 표현해서 모욕감이나 상처를 주어서는 안 돼."

"왜요? 호모나 게이나, 다 잉글리 아니냐?"

이개식이 동의를 구하듯 주변 아이들에게 구시렁댔다.

책상에 엎어져서 자고 있던 아이들이 일어났다. 졸음을 참으며 수업을 듣던 아이들이 책상에 엎드렸다.

"호모가 아니라 정확히는 호모섹슈얼이고, 우리가 흑인을 '니그로'라고 부르면 안 되듯이 동성애자도 호모라고 불러서는 안 돼. 그 말엔 그들을 비하하는 뉘앙스가 담겨 있거든."

"뭐, 그렇다 치고. 징그러운데 어떡해요? 싫다고 말도 못 해요?"

"응, 말해서도 안 돼. 상대에게 상처를 입히는 언어는 폭력이거든."

"그것도 법에 걸려요?"

맨 앞에 앉아 있던 동현이가 안경을 벗고 물었다. 동현이는 맨 앞자리라서 엎드리지도 못하고 졸음을 참아내고 있었다.

"아직 우리나라에는 성 소수자 차별 금지법은 없지만 곧 제정되겠지. 우리나라도 많은 사람이 소수자의 인권에 관심을 가지고 중요하게 여기고 있으니까. 우리나라도 점점 더 좋아질 테니까."

"법은 아니라는 거네, 뭐. 처벌받는 것도 아니잖아."

이개식 이 개자식이 또 구시렁댔다.

"개식아!"

담임의 목소리에 힘이 들어갔다.

"왜요?"

담임이 눈에 힘을 주고 이개식 이 개자식을 바라보았다. 이개식 이 개자식도 몇 초간 담임을 노려보다가, 아 씨, 만날 나만 갖고 그래,라면서 시선을 돌렸다.

담임은 이개식을 참아내고 수업을 재개했지만, 나는 이개식 이 개자식을 봐주는 데 한계를 느끼고 있었다.

화가 해로운 독소처럼 내 몸에 차곡차곡 쌓여 가다가 엉뚱한 데서 폭발했다. 깡때우주가 먼저 시작을 했다. 전혀 엉뚱한 데라고도 할 수 없었다.

수능 시험을 보기 전 주말이었다. 깡때우주가 밤 10시쯤 귀가했다. 어이, 하면서 베이커리 봉지를 내밀었다. 봉지 안에는 찹쌀떡이 있었다.

"그래도 오빠는 오빠네."

엄마가 깡때우주를 대견스러워했다. 나도 뭐, 오늘은 깡때우주가 좀 마음에 들긴 했다.

몇 달 만에 엄마, 깡때우주, 나 셋이서 소파에 나란히 앉았다. 우리는 텔레비전을 봤다. 복잡한 생각을 지우고 막 웃을 수 있는 예능 프로그램이었다.

"김준영이랑 요즘도 만나냐?"

깡때우주가 물었다.

"어."

나는 찹쌀떡을 한 입 베어 물었다.

"괜찮냐?"

"어, 그럭저럭."

나는 입으로는 찹쌀떡을 씹으며 눈으로는 텔레비전을 보면서 대답했다. 이때까지만 해도 깡때우주가 준영이의 몸이 괜찮은지, 준영이가 어디 아픈 데가 없는지 묻는다고 생각했다.

"게이라며?"

"그게 뭐?"

나는 깡때우주를 쳐다보았다.

"같이 다녀도 되냐? 하긴 넌 여자니까 위험한 건 없겠다."

"남자한테도 안 위험하거든."

"뭐가 안 위험해? 그 자식 남자 막 좋아하고 그러는 거잖아."

"막 좋아하는 거 아니거든. 그리고 너밖에 모르고 아무도 못 좋아하는 너보다는 백만, 천만 배는 낫거든."

나는 턱을 치켜올렸다.

"난 신체적으로나 정신적으로나 건강한 남자고, 걘 신체적으로나 정신적으로도 좀 문제가 있지."

"뭐?"

나는 손에 들고 있던 찹쌀떡을 깡때우주의 얼굴에 던졌다. 찹쌀떡이 강때우주의 뺨에서 잠시 멈췄다가 하강했다. 깡때우주의 뺨에 흰 가루와 팥고물 찌꺼기가 붙었다.

"소우주, 너 지금 오빠한테 무슨 짓이야?"

엄마가 내 허벅지를 쳤다.

"재가 먼저……."

나는 깡때우주를 손가락으로 가리켰다.

"오빠한테 재가 뭐야?"

엄마의 말이 끝나자마자 깡때우주가 내 머리를 쳤다.

"조심해라."

"너 지금 나 때렸니?"

"그러니까 조심하라고. 시험만 아니면 진짜, 확!"

깡때우주가 손바닥을 쳐들고 나를 치는 시늉을 했다.

"확, 뭐?"

나는 양손으로 찹쌀떡을 들고 깡때우주의 얼굴에 날렸다. 깡때우주가 허연 밀가루를 묻히고 못난이 인형처럼 오만상을 찌푸렸다.

"이게 어디서?"

깡때우주가 내 머리를 또 한 대 쳤다. 나도 깡때우주에게 달려들어서 머리를 때렸다. 깡때우주가 일어났다. 나는 소파 위로 올라가 깡때우주의 머리카락과 귀를 잡아당겼다. 깡때우주가 아, 아, 아⋯⋯ 소리를 내면서 몸부림을 치다가 팔로 나를 밀쳐냈다. 나는 다시 깡때우주의 머리카락을 잡아당겼다.

"놔라, 죽는다. 놔라, 말로 할 때 놔라."

깡때우주가 소리쳤다.

"싫다면?"

나는 깡때우주의 머리카락을 더 세게 잡아당겼다. 깡때우주가 손바닥으로 내 얼굴을 밀쳐 냈다. 나는 얼굴이 찌그러진 채 깡때우주의 머리카락을 놓지 않았다. 엄마가 소리를 지르며 내 손을 떼어 냈다.

"저게, 저 기집애가, 너 한 번만 더 까불면 죽는다. 진짜."

깡때우주가 씩씩댔다. 내 손에 깡때우주의 머리카락이 한 움큼 잡혀 있었다. 그런데도 내 몸속의 독소는 빠지지 않았다.

"죽여라."

이번에는 다리로 깡때우주를 공격했다. 깡때우주가 손이 닿는 아무 데나 잡으며 나를 저지했다.

"얘들이 지금 뭐 하니?"

엄마가 우리 둘 사이에 끼어서 깡때우주와 나를 뜯어말렸다. 깡때우주의 얼굴과 귀가 벌게졌다. 엄마의 카디건은 반쯤 벗겨졌다. 나도 머리와 옷이 다 흐트러졌다.

"기집애, 너 조심해라."

깡때우주가 숨을 빠르게 내뱉으며 나를 노려봤다.

"강소주, 오빠한테 무슨 짓이야?"

엄마가 깡때우주 편을 들었다.

"재 말 못 들었어? 준영이한테 이상하게 말하잖아."

"오빠한테 재가 뭐야? 너 그 말버릇부터 좀 고쳐야겠다."

엄마는 깡때우주한테도 한마디 했다.

"너도 참, 측은지심이 없다. 불쌍한 애한테 왜 그래?"

"엄마!"

나는 소리를 질렀다. 엄마가 눈을 댕그랗게 뜨고 나를 쳐다봤다.

"뭐가 불쌍해?"

"준영이. 안됐잖아……."

"준영이, 불쌍하고 그런 애 아니거든."

나는 속상한 마음을 내지르고 방으로 들어왔다. 책상에 주저앉았다. 노래를 틀었다. '나는 즐거운 시간을 보내고 있다. 나는 즐거운 시간을 보내고 있다. 나는 즐거운 시간을 보내고 있다.' 최면을 걸었지만 소용이 없었다. 2천 도로 불타오른 내 몸에서 눈물이 용암처럼 쏟아졌다. 분했다. 서러웠다. 손바닥으로 흐르는 눈물을 닦았다. 소용없었다. 울음이 화산처럼 폭발했다. 나는 책상에 엎드려 울었다. 엉엉 소리 내어 통곡했다.

아침에 일어나 보니 준영이네 작은 언니한테서 문자가 와 있었다. 준영이가 어디에 있는지 아느냐고 묻고 있었다. 문자가 온 시간이 새벽 1시 17분이었다. 준영이가 이때까지 안 들어왔나? 나는 준영이한테 문자를 보내고 욕실로 들어갔다. 씻고 나올 때까지 답이 없었다.

작은 언니한테 준영이가 집에 있는지 문자를 보냈다. 곧 언니한테 전화가 왔다. 준영이가 새벽 12시쯤에 친구 집에서 잘 테니 걱정하지 말라,고 문자 한 통만 보내고 들어오지 않았다고 했다. 전화도 받지 않았다고 했다. 나는 오늘 예비 소집 끝나고 만나기로 했으니 너무 걱정 마세요,라며 전화를 끊었다.

준영이는 예비 소집에 오지 않았다. 담임이 준영이의 수험표를 내게 전해 주었다. 독서실에서 준영이에게 연락이 오기를 기다렸다. 해가 저물고 날이 어둑어둑해지기 시작했을 때 연락이 왔다. 독서실이라고 했다. 준영이는 핸드폰이 꺼진 줄 모르고 오후 내내 독서실에 있었다고 했다. 나는 당장 밖으로 튀어나오라고 했다.

준영이는 진짜 환자처럼 창백하고 지쳐 보였다. 준영이의 눈빛도 예전과 달랐다. 물빛 구슬 같았다. 우리는 공원으로 가서 벤치에 앉았다. 자리를 잡았을 때 바닥이 차가웠다. 날이 생각보다 쌀쌀했다. 준영이의 얼굴을 보니 자리를 옮기자고 말이 나오지 않았다.

"너 어제 어디서 잤어? 독서실에서 잔 건 아니잖아?"

준영이는 고개를 끄덕였다.

"그럼, 어디서?"

"나 어제 나쁜 짓 했어."

"네가?"

"내가 무슨 짓을 했는지 알면 나한테 실망할 거야."

준영이가 집에 들어오지 않고 할 수 있는 나쁜 짓이 무엇일까.

"술? 담배?"

"둘 다."

"아, 그래."

나는 좀 놀랐지만 그쯤이야 뭐,라는 듯 고개를 끄덕이며 대범한 척했다.

"그리고 더 있어."

준영이는 어머니의 뜻을 무조건 따르기로 마음먹었다고 했다. 어머니의 마음을 조금이라도 편하게 해 드릴 수 있다면 무엇이든지 하겠다고 결심했다고 했다. 그런데 기도로 자신을 치료하겠다는 상황은 도저히 참을 수 없었다고 했다. 어쩌면 그간 묵묵히 견딘 스트레스가 폭발한지도 모르겠다.

준영이가 교회에서 도망치듯 나와 지하철을 타고 내린 곳은 이태원이었다. 주변을 배회하다가 피시방에 들어갔다. 자신과 처지가 같은 이를 만나 이야기하고 싶었다고 했다. 이반 사이트에서 어떤 남자와 채팅을 했고, 저녁에 그 남자를 만났다. 준영이가 채팅을 했을 때에는 남자가 한두 살 형이겠거니 했다. 만나 보니 30대 중반쯤으로 보이는 어른이었다. 남자에게 저녁을 얻어먹었다. 처음 가 본 바에서 후카라는 물 담배를 피우고 아이스크림 맛이 나는 술도 마셨다. 바를 나와서 그 남자를 따라가서는 오늘 아침까지 함께 있었다고 했다.

"역겹지?"

"아니."

응. 사실은 반반이었다. 그 남자는 역겨웠다. 준영이의 이야기도 충격적이었다. 하지만 준영이를 역겹다고 할 수는 없었다. 잘 모르겠다. 그게 솔직한 내 심정이었다.

준영이가 고개를 돌려 메마른 분수대에 시선을 던졌다. 비둘기 몇 마리가 분수대 위에서 냉랭한 바닥을 쪼고 있었다.

준영이는 말이 없었다.

"괜찮아."

나는 준영이의 등을 두 번 두들겼다.

"고마워. 네게 털어놓지 않으면 내 자신이 너무 혐오스러워서 견디지 못했을 거야."

나는 잘 모르지만, 그래도 네가 어른이 되었을 때, 정말 사랑하는 사람을 만났을 때 그랬으면 좋겠어,라고 말하지는 않았다. 지금 준영이에게 필요한 건 어른스러운 훈계가 아니라 친구다운 위로와 이해일 테니까.

"준영아, 넌 여전히 김준영이야. 착하고 좋은 아이, 김준영. 얘기해 줘서 고마워."

나는 가방에서 초콜릿을 꺼냈다. '축 합격'이라고 쓰인 초콜릿을 준영이에게 건넸다.

"시험 잘 봐."

"나는 준비 못했는데……."

"괜찮아."

평소라면 뭐야?라며 시비 아닌 시비를 걸었겠지만 오늘은 괜찮아,라고 말하고 싶었다.

자리에서 일어나려는데 이개식 이 개자식이 똘마니 안창수와 심상훈을 이끌고 걸어오고 있었다. 셋 다 사복과 교복을 섞어 입어서 이들의 모습이 눈에 뜨였을 때는 덩치 큰, 동네 아저씨인 줄로만 알았다. 우리는 자리에서 일어났다. 그들과 마주치지 않기 위해 다른 방향으로 걸었다. 이개식 이 개자식도 방향을 바꾸었다. 우리 앞으로 걸어오면서 준영이의 어깨에 제 어깨를 부딪쳤다.

"아이 씨, 에이즈는 예방 접종 없나?"

"뭐?"

내가 발끈하자 준영이는 가자,라고 나직이 말했다.

"나 방금 호모 새끼랑 부딪쳤잖아. 에이즈 옮는 거 아니냐?"

이개식 이 개자식이 한 술 더 떴다. 똘마니들이 웃었다. 준영이가 이개식을 응시했다.

"야 뭐야, 이 눈빛? 너무 느끼하지 않냐? 쟤 나 좋아하나 봐. 흐흐흐."

이개식 이 개자식이 양팔로 제 몸을 감싸며 호들갑을 떨었다.

"이개식, 교과 수업 시간에만 멍청한 줄 알았더니 성교육 시간에도 멍 때렸구나. 에이즈는 성관계로만 전염되는 거야. 그리고 넌 내 상대가 못 돼. 넌 너무 별로거든."

평소 준영이는 친구들에게 어떤 훈계도, 비난도 퍼붓는 일이 없었다. 그 준영이가 맞나 싶게 조곤조곤히 이개식을 한 방 먹였다.

"아! 십팔! 저 새끼 저거 뭐라는 거야?"

이개식 이 개자식이 당장에라도 준영이에게 달려들 듯, 사나운 눈빛을 하고서 나불댔다. 똘마니들이 이개식을 말렸다. 준영이는 신경쓰지 않았다. 발걸음을 돌렸다. 잘했어,라고 내가 주먹을 흔들며 속삭였다.

나는 준영이와 공원 가운데에서 헤어져 각자 집으로 향했다. 길을 건너서 집으로 향하는데 수험표 생각이 머리를 쳤다. 가방에서 수험표를 꺼냈다. 정작 중요한 용건을 깜박하였다. 준영이에게 전화를 걸었지만 받지 않았다. 나는 계속 전화를 걸면서 횡단보도로 방향을 돌렸다.

벌써 집에 들어갔나? 준영이는 내내 전화를 받지 않았다. 나는 횡단보도를 건너 공원으로 들어갔다. 이개식 패거리들이 아직 공원에 있었다. 저것들을 피해서 지름길을 포기하고 큰길로 돌아가야 할까 고민하고 있을 때, 이개식의 큰 발 뒤로 바닥에 떨어진 물건이 보였다. 준영이의 핸드폰과 엠피쓰리였다. 나는 눈을 크게 떴다. 준영이가 바닥에 널브러져 있었다. 이개식과 똘마니들은 갖은 욕을 하면서 준영이에게 발길질을 해댔다.

"야!"

나는 소리를 지르며 그들에게 달려갔다. 이개식이 나를 알아보았다.

"십팔, 재수 없어."

이개식이 준영이에게 욕을 하고는 몸을 움직였다. 바닥에 떨어져 있던 준영이의 핸드폰과 엠피쓰리를 발로 쾅, 쾅, 밟고 자리를 떴다.

핸드폰도 엠피쓰리도 준영이도 찌그러져 있었다. 준영이는 가방을 안고서 몸을 웅크린 채 일어나지 못했다. 나는 무릎을 꿇고 준영이를 부축했다.

"준영아, 괜찮아?"

"좀 아파."

준영이가 희미하게 눈웃음을 지었다.

"어떡하지? 119 불러야지."

내가 전화기를 꺼냈을 때 준영이가 내 팔을 잡았다.

"하지 마."

"왜?"

"사람들이 몰려들잖아."

나는 준영이 어머니에게 전화를 했다. 울면서 횡설수설했다.

준영이의 코와 입술에서 피가 흘러내렸다. 나는 휴지를 꺼내 준영이의 코를 막았다. 다시 핸드폰을 꺼내 119에 전화를 했다. 잠시 후 준영이 어머니가 오시고 앰뷸런스가 왔다. 준영이는 들것에 실려 갔다.

"소주야, 시험 잘 봐."

준영이가 앰뷸런스에 오르면서 힘겹게 말했다. 준영이가 맞을 때 보이지 않던 사람들이 어느새 몰려와 구경을 했다. 내 손엔 피 묻은 준영이의 수험표가 들려 있었다.

준영이는 척추관절 병원에 입원했다. 당연히 수능 시험은 보지 못했다.

사건 이후 이개식의 아버지와 안창수, 심상훈의 어머니가 3학년부 교무실에서 담임을 면담했다. 그 장면을 목격한 아이들의 소식에 따르면, 그 부모님들은 한결같이 우리 애는 그런 애가 아니에요, 걔가 먼저 느끼한 눈으로 쳐다봤다잖아요. 어깨도 먼저 부딪쳤대요, 우리 애가 먼저 그럴 리가 없어요,라고 주장했다고 한다.

한 어머니가, 물론 때린 게 잘했다는 건 아니지만 걔가 먼저 기분 나쁘게 했으니까, 왜 걔 그거잖아요. 소문 못 들으셨어요? 선생님?이라고 했고, 담임은 그게 맞을 이유입니까?라고 하면서 학폭위를 열겠다고 했단다. 그러자 이개식의 아버지는 아, 씨발 담임이 애를 감싸 줘야지, 지금 걔 공부 잘한다고 편드는 거야,라며 큰 소리를 냈고, 3학년 부장님이 대화에 끼어들면서 교무실에 얼쩡거리고 있던 아이들은 쫓겨났다고 한다.

나는 그 아이들이 학폭위에서 징계 받기를 원했지만 준영이 부모님은 이 사건이 조용히 마무리되기를 원하셨다. 소식통에 따르면, 사건을 조용히 처리하기를 바라는 생활지도부장과 원칙대로 처리하기를 바라는 담임 사이에 큰소리가 오갔고, 이 역시 3학년 부장님이 중재를 했다고 한다.

이개식 그 개자식과 똘마니들은 결국 학폭위에 소집되지 않았고, 징계를 받지도 않았다. 대신 담임이 매일 방과 후에 청소를 하고 성찰록을 쓰고 가라고 했다. 똘마니들은 담임의 말에 고분고분 따랐지만 이개식 그 개자식은 교외 체험 학습이 있는 날만 얼굴을 비추고, 등교하는 날은 학교에 나오지 않았다. 나는 아무런 벌을 받지 않은 이개식 그 개자식에게 복수를 다짐했다. 어떤 식으로든지 되갚아 주리라 결심했다.

목요일에 수능 시험을 봤다. 주말에는 준영이를 보러 병원에 갔다. 준영이는 코에 깁스를 하고 부어터진 입술로 소주야,라고 부르며 시퍼렇게 멍이 든 눈으로 웃었다. 이마에는 돼지 껍데기처럼 생긴 밴드가 붙어 있었다. 바늘로 꿰맨 자리라고 했다. 전신 타박상 때문에 몸을 움직일 때마다 눈매를 일그러뜨렸다.

나쁜 자식! 나는 다시 한 번 이개식 그 개자식에게 복수를 하리라 다짐했다.

"학교 가기 싫었는데 다행이야. 학교 폭력 피해자라서 출석이 인정된대. 너랑 같이 대학생은 못 되겠지만 고등학교는 졸업할 수 있어. 개식이한테 고맙다고 해야 하나?"

"아마 나도 대학생은 못 될 것 같아."

준영이가 입을 살짝 벌리고 웃다가 아팠는지 얼굴을 찡그렸다.

"이개식 그 개자식, 나쁜 자식, 절대 용서할 수 없어."

"개식이도 철이 들겠지."

준영이가 창밖으로 시선을 옮기며 말을 이었다.

"개식이도 사랑받고 싶은 거야."

준영이는 이개식 그 개자식을 이해하고 있었다. 용서하고 있었다. 나는 대꾸 없이 준영이를 바라보았다. 어딘지 모르지만 준영이가 좀 달라 보였다.

"너 어른 같은 소리를 한다."

"내가 좀 어른이 됐어."

어른 준영이는 낯설었지만, 나는 준영이가 이 고통과 아픔을 이겨내고 제 상처를 봉합할 수 있을 만큼 어른이 되었으면 좋겠다고 바랐다.

그날 준영이와는 대화보다는 수다라고 해야 할 많은 이야기를 나누었다. 이개식, 수능 성적, 우리 학교, 대학교, 연예인 이야기 등. 퇴원 후에 놀러가자는 이야기도 했다. 하건우에 대해서는 이야기하지 않았다. 준영이는 대화 내내 많이 웃느라 눈가에 주름이 잡혔다. 나는 준영이가 껍데기는 웃고 있지만 알맹이는 울고 있는 것 같았다. 그 눈빛은 슬펐다.

병문안을 다녀오는 길에 하건우에게 만나고 싶다는 메시지를 보냈다. 하건우는 교회로 오라고 했다. 본당 입구에 다다랐을 때 성가대의 연습 소리가 아름답게 들려왔다. 잠시 멈춰 서서 노래를 들었다. 주사라도 맞은 것처럼 하건우에 대한 미움과 분노가 일순간 누그러들었다.

그러나 쿵 따 쿵 따 쿵 따따 쿵 따, 드럼 소리가 들려오자 짜증이 분수처럼 솟구쳤다. 무거운 문을 밀고 본당 안으로 들어갔다. 짐작대로 하건우가 똥 폼을 잡고 있었다. 반팔 티셔츠 밖으로 울퉁불퉁한 팔뚝을 내밀고 드럼통을 두들기고 있었다. 겨울 온 지가 언젠데 반팔이야? 내가 가까이 다가가자 하건우는 짝대기를 위로 쳐들고 돌려댔다. 저건 또 뭐 하는 짓인지.

나는 드럼통 앞에 섰다. 하건우는 계속 똥 폼을 잡으며 드럼통을 두들겨댔다. 내가 온 걸 알아차렸을 텐데도 아는 척을 하지 않았다. 나도 먼저 인사하지 않았다. 하건우의 연주를 계속 보고 싶어서도, 하건우의 연주를 방해하기 싫어서도 아니었다. 먼저 인사하고 싶지 않았을 뿐이다. 이를 테면 누가 먼저 말 거나, 게임 같은 것이다. 결국은 내가 졌다. 참을성 없는 쪽이 지기 마련이다. 더 이상 하건우의 똥 폼을 참아주기 힘들었다.

"짝대기 좀 줘 봐요."

"이건 짝대기가 아니라 스틱이야."

하건우가 웃으며 말했다.

"에스, 티, 아이, 씨, 케이s, t, i, c, k , 스틱. 그게 짝대기잖아."

하건우가 어이가 없다는 듯이 피식, 웃었다. 나도 '피식 피식' 두 번 웃어 주었다.

"아, 사투리라서 모르나? 막대기."

"왜 보자고 했니?"

"한 수 좀 가르쳐 주죠."

"뭘?"

"그거, 드럼통."

나는 드럼통을 가리키며 고갯짓을 했다. 하건우가 얕게 한숨을 내쉬고 자리를 내주었다.

"뭐부터 할까. 그래 명칭부터 배우자. 이게 스네어 드럼이야. 이건 베이스, 이건 퍼스트 탐, 세컨드 탐……."

하건우가 드럼통 하나하나를 짝대기로 두들기며 설명했다.

"그런 거 말고요. 줘 봐요."

나는 하건우에게 짝대기를 빼앗았다. 내 멋대로 드럼통을 두들겼다. 하건우가 짝대기를 잡아 채고서는 깊게 한숨을 내쉬었다.

"소주라고 했지? 네가 왜 이러는지 알아. 그래, 친구를 동정하는 마음은 알겠어. 그런데 너까지 비뚤어져서는 안 돼."

"동정이요? 동정 받을 사람은 그쪽이야. 나는 그쪽이 더 불쌍해."

"그만하자. 내가 어린애랑 무슨 대화를 하겠니?"

"그러는 그쪽은 어른이야? 그쪽 대화는 더 못 들어주겠던데?"

하건우가 무슨 대화? 하는 눈으로 날 쳐다보았다.

"그쪽 패거리들이 하는 얘기, 준영이도 다 들었어요."

그날, 준영이가 하건우에게 핸드폰과 아이스 아메리카노를 전해 주기 위해 교회에 왔던 날, 준영이와 내가 본당을 나가기 위해 문을 밀었을 때, 자판기 앞에는 하건우와 그 뒤를 따라 나간 패거리들이 모여 있었다. 누군가의 목소리가 우리의 발목을 붙잡았다. 차마 그 사이를 뚫고 나갈 용기가 생기기 않았다.

"형, 저 새끼 호모라면서요? 와 대박!"

"야, 말도 마. 날 좋아한대. 아 토 나와."

하건우의 목소리였다. 준영이의 눈과 얼굴이 붉어졌다.

"진짜 역겹다."

"더러운 새끼, 그 새끼 눈길만 와도 역겨워."

"그 새끼 안 되겠네. 그런 새끼하고 몇 년을 한동네서 같이 살고, 한 학교에 같이 다니고, 한 교회에 같이 다녔잖아요."

"나는 그 새끼하고 운동하고, 샤워까지 같이 할 뻔했잖아."

"아 토 쏠려."

"어쩐지 그 새끼가 나를 보던 눈빛이 끈적끈적하더라니까, 아 더러워!"

더 이상 듣고 있을 수가 없어서, 더 이상 준영이에게 상처를 입힐 수 없어서, 나는 본당 문을 세게 밀고 나왔다.

"그 말을 다 듣고, 준영이는 형한테 사과하러 왔는데…… 다음에 해야겠다고 했어요."

하건우는 드럼통을 내려다보며 말없이 앉아 있었다. 나는 하건우를 한 번 흘기고 일어섰다. 자리를 뜨다 말고 하건우를 다시 보았다.

"그거 알아요?"

하건우가 시선을 들어 나를 쳐다봤다.

"준영이를 가장 아프게 한 사람은 당신이에요. 이개식에게 맞아서 이마가 찢기고 코뼈가 부러지고 입술이 터지고 온몸이 멍들었지만 그건 곧 나을 거예요. 하지만 당신이 입힌 상처는 쉽게 낫지 않을 거예요."

하건우는 찢어진 눈을 깜빡거리면서 내 말을 듣고 있었다.

"그 마음이 그렇게 비난받고, 모욕당할 죄는 아니잖아요."

"그땐…… 미안했다."

하건우가 얇은 입술을 움직였다.

"준영이는 당신을 용서했어요. 오히려 당신이 불편하지 않을까, 당신이 비난받지 않을까, 당신한테 미안해 했어요. 준영이는 그런 애거든요."

나는 입구를 향해 걸음을 옮겼다. 몇 발짝 옮기고서는 다시 하건우 쪽으로 방향을 틀었다. 큰소리로 말했다.

"이것도 알아요?"

하건우가 자리에서 일어나려다가 멈추었다. 반쯤 몸을 세우고 있었다.

"당신 팔뚝 진짜 무식해 보여."

나의 작은 복수. 본당 안에 있던 모든 사람들의 시선이 하건우에게 향했다. 하건우는 일어나지도 앉지도 못하고 엉거주춤하게 엉덩이를 뒤로 빼고 있었다. 뭐야, 진짜 멍청해 보이잖아. 나는 하건우에게 입술을 한번 씰룩여 주고는 뒤돌아섰다. 팔을 살랑살랑 흔들면서 문을 향해 걸었다. 준영이가 알면 언짢아하겠지만 하하, 그동안 참았던 말을 하고 나니 속이 후련했다.

본당을 나가기 전에 안을 찬찬히 둘러보았다. 하건우는 짝대기를 쥔 채 멍하니 앉아 있었다. 대학생 몇 명이 웃으면서 무언가를 만들고 있었고, 아주머니들은 꽃을 꽂고 있었다. 성가대의 노랫소리가 들려왔다. 모두들 행복해 보였다. 준영이만 빼고.

단상 정중앙에 걸린 십자가를 바라보았다. 정중히 말했다.

"그러시는 거 아닙니다."

나는 문을 밀었다. 이 문을 나가면 이곳에 다시 올 일은 없으리라. 이곳은 왠지 나랑 어울리지 않는 곳이다.

집으로 가는 길에 이개식도 만났다.

"웬일이냐? 완전 쌩 까고 개무시를 하더니."

"복수의 날이거든."

"뭐냐."

"하지만 너한텐 복수하지 않기로 했어."

"뭔 개소리야?"

"너에게 필요한 건 복수가 아니라 이해니까."

이개식이 픽, 하며 코웃음을 날렸다. 나는 이개식을 만난 이래 가장 차분하고 침착한 모습으로 이야기했다.

"준영이는 널 이해한대. 너도 덜 자란 것뿐이니까. 너도 어른이 되면 달라지겠지. 너 같은 애가 진짜 어른이 될 수 있을지는 모르겠지만 준영이가 이해한다니 나도 널 이해해 볼게."

나는 자리를 떴다.

"쪼끄만 기집애가 뭐래? 남 걱정 말고 너나 커. 땅바닥에 붙어 다니는 주제에."

이개식이 내 뒤통수에 대고 구시렁댔다.

내가 원한 복수는 이게 아니었지만 나는 준영이 식대로 했다. 준영이라면 복수 따위는 생각도 하지 않고 대화를 했을 것이다. 조곤조곤히.

나는 이개식도 빨리 어른이 되길 바라면서 준영이에게 줄 크리스마스 카드를 사러 갔다.

준영이는 11월 25일 내 카드를 받았다.

그리고 멀리 떠났다.

크고 부드러운 손

긴 터널을 지난 적이 있어.

끝이 보이지 않는 터널이었어. 그때 나는 그 터널 속에서 나오고 싶지 않았어. 터널 속에 갇혔으면 좋겠다고 생각했어. 터널 밖에서 내가 만나야 하는 세상이 두려웠거든. 하지만 내 의지와 상관없이 나는 터널을 벗어났고, 내게 닥친 일들을 감당하지 못했어. 그때 나는 어리고 연약하고 불안정했어. 상처 입었고 무너졌고 부서져 버렸어. 터널 밖 세상은 내가 감당하기에 너무 힘에 부쳤고, 세상 어디에도 내가 편히 숨 쉴 수 있는 곳은 없다고 생각했어.

그 밤, 혼자이던 그 밤, 슬프고 서럽고 막막하고 아득하던 그 밤, 나는 이 세상에서 사라지리라, 다짐했어. 이 세상에서 내 이름을 불러 주는 이 하나 없고, 내 손을 잡아 주는 이 하나도 없다고 생각했어. 하나님도 나를 버렸다고 생각했어. 옥상에 올라 하나, 둘, 셋 하고 공중에 발을 내딛었지. 그 순간 크고 부드러운 손이 나를 잡아 주었어. 내 팔을 붙들어 주었어.

"준영아."

낮고 부드러운 음성이 내 이름을 불러 주었어. 나는 그 음성을 향해 고개를 돌리고 엉거주춤하게 서 있었어.

"위험해 보인다."

"……."

"이리 와."

크고 부드러운 손이 내 등을 어루만지고 내 팔을 잡고 나를 끌어당겼어.

"춥겠다."

크고 부드러운 손은 내 뺨을 비비고, 코트를 벗어 나를 감싸 주었어. 넓고 따뜻한 품으로 나를 안아 주었어. 꼭 안아 주었어. 나는 그 품에 안겨 비로소 추위를 느끼고 온몸을 떨었어. 얇은 옷 안으로 한기가 파고들고, 눈물과 콧물을 줄줄 흘리고, 밭은기침을 해대면서 뭔지 모를 이유에 안도했던 것 같아.

"왜 추운 데서 혼자 떨고 있어? 두꺼운 점퍼도 사올 걸 그랬구나."

그날 아버지는 내게 핸드폰을 전해 주기 위해서 병원에 오셨어. 저녁을 드시고 교내 매장에서 핸드폰을 사셨대. 연구실에 계시다가 밤 늦게 학교에서 나오신 거야. 처음엔 어머니를 통해 주려고 하셨대. 그런데 집으로 돌아오면서 내가 보고 싶으셨대. 나를 보고 직접 전해 주고 싶으셨대. 내가 병실에 없자 간호사에게 내 위치를 확인하고 옥상으로 올라오신 거야. 나중에 알았지만 당시 간호사들은 어머니의 당부와 매형의 지시로 내 일거수일투족을 감시하고 있었어.

아버지의 크고 부드러운 손을 잡고 옥상을 내려왔어. 병실로 돌아와서 아버지는 내게 따뜻한 물을 먹이고 나를 눕혔어. 이불을 하나 더 가져와 덮어 주셨어.

"잠들면 가마."

나는 아버지를 등지고 모로 누웠어. 애써도 잠은 오지 않았어. 시간만 흘러갔어. 문득 아버지의 음성이 들렸어.

"아버지는 우리 아들이 행복하게 살기를 바라. 준영아, 네가 원하는 삶을 살아. 그게 아버지가 원하는 바다. 아버지는 네가 어떤 삶을 살든 널 응원하마."

아버지는 나를 살린 그 손으로 내 등을 도닥도닥 두드려 주셨어. 나는 잠이 들었나 봐. 새벽에 눈을 떴을 때 내 침대

발치에는 두터운 점퍼가 담긴 쇼핑백이 놓여 있었어.

아버지의 도움으로 처음 이 도시에 왔을 때 나는 여전히 터널 속에 갇혀 있었어. 터널 출구까지 갔다가 눈이 부셔서 돌아오기를 반복했어. 혼자 학교에 가고, 혼자 수업을 듣고, 혼자 책을 보고, 혼자 밥을 먹었어. 누군가와 인사하고, 소통하고, 친구가 되고, 그를 믿고, 좋아하는 일이 두려웠어. 더 이상 상처받고 싶지 않았어. 다시 상처를 받으면 피 흘리고 쓰러져서 다시는 일어설 수 없을 것 같았거든.

그러다가 문득 알아차렸지. 나를 닮은 사람이 나를 보고 있다는 것을. 나처럼 검은 머리와 갈색 눈동자를 지닌 사람이 내 옆에서 수업을 듣고, 내 맞은편에서 밥을 먹고, 나와 같은 책을 읽고 있다는 것을. 그는 내 친구가 되고 싶어 했어.

"준영? 나는 브라이언."

브라이언은 내 이름을 불렀어. 내 손을 잡고 내가 터널을 나올 수 있게 용기를 주었어.

브라이언은 기억나지 않을 만큼 아주 어릴 때 이곳으로 입양되어 왔어. 그는 있는 그대로 나를 봐 주고, 존중해 주고, 사랑해 주었어. 그의 부모님도 아들의 '남자 친구'가 된 나를 환영해 주었어. 그의 친구들도 내 친구가 되어 주었어.

소주야, 나는 여전히 여리고, 약하고, 불안해. 실수하고, 좌절하고, 상처받기도 해. 여전히 내 맘대로 안 되는 것들 투성이야. 하지만 살아 있기를 잘 했어. 소주야, 살아서 다행이야. 생을 마감하기엔 내 가슴은 아직 뜨겁고 내 머릿속에는 앞날에 대한 기대와 호기심이 가득 차 있어.

지난 주말에는 내 남자인 친구들, 애럼과 라저가 결혼했어. 두 사람은 이제 법 앞에서 부부로 인정받았어. 살아 있으면, 살아가다 보면 나도 그들처럼 내 존엄을 인정받는 날이 올 거야. 살아서 그날을 꼭 볼 수 있을 거야. 그렇게 믿어.

오늘은 이 도시에 오래간만에 해가 났어. 햇빛이 쨍한 날이면 이곳 사람들은 양산도, 모자도 없이 밖으로 나와 거리를 걸어. 공원 벤치나 카페 창가에 앉아서 햇볕을 쬐. 브라이언과 나도 부두로 나가 해변을 산책하고 마켓에 가서 장을 봤어. 나란히 손을 잡고서.

지금 내 방 창가에도 햇살이 내리고 있어. 네가 준 풍경이 햇빛을 받아 보석처럼 빛나고 있어. 오후 4시가 넘었는데도 날은 여전히 좋아. 브라이언은 아까 우리가 사 온 해산물을 요리하고 있어. 나도 그만 편지를 접고 브라이언에게 가 봐야겠어. 요리 보조를 해야 하거든. 식사가 끝나면 한국어를 배우고 있는 브라이언에게 오늘은 '날씨가 참 좋아'라고 말해 줄 거야.

그리고 너에게도.

내 친구, 강소우주. 오늘은 날씨가 참 좋아.*

이 편지가 11월 25일에 꼭 도착하기를 바라면서.

미리 메리 크리스마스

언덕의 도시에서

준영

* '날씨가 좋다'라는 표현은 동성애자들끼리 '사랑한다'라는 말 대신에 쓰는 은어임.(이문영, 「이문영의 한(恨) 국어사전」(2014), 『한겨레21』 제1007호 참조.)

날씨가 참 좋아

동성애 차별 금지법은 아직 없다. 퀴어 문화 축제는 좁은 베를린 광장을 떠나 시청 앞 서울 광장으로 무대를 옮겼다. 진짜 축제처럼 규모가 커졌다. 더 많은 사람이 참여했고, 더 많은 구경꾼이 모여들었다. 부채를 부치던 할아버지, 결혼식 뒷이야기를 하던 아줌마들은 없었다. 대신 반反동성애를 외치는 사람이 무리를 지어 나타났다. 그들은 태극기를 들고, 한복을 입고, 북을 치면서 시위를 했다. 춤도 췄다. 천사처럼 하얀 드레스를 입고, 선녀처럼 우아하게. 동성애자인 차이콥스키의 음악에 맞추어서.

우리는 스물여덟, 어른이 되었다. 하지만 나는 공식적으로만 어른이다. 20대가 되면 모든 것이 완전해질 줄 알았는데 아무것도 완성되지 않았다. 나는 여전히 서투르다. 모자라고 어설프고 성급하고 거칠다.

교회에서 세례를 받았다. 매주 교회에 나간다. 준영이가 아니라 하나님을 만나기 위해서 나간다. 준영이 어머니는 그 밤 준영이에게 손을 내밀고, 준영이의 이름을 불러 주고, 준영이를 품에 안아 주었던 분은 하나님이라고 했다. 나도 하나님이, 준영이의 삶이 '원, 투, 쓰리, 포즈'가 아니라 '원, 투, 쓰리, 플라이'가 되게 날개를 달아 주셨다고 믿는다.

내 날개는 아직 안 달아 주셨다. 심통이 나서 하나님에게 큰소리를 치고 등을 돌리고 싶을 때도 있지만, 결국 내가 진다. 신을 붙들지 않고서는 이 세상을 견뎌내기가 너무 힘들다. 제 정신으로 버텨내기가 너무 어렵다.

후……. 이 타임에서 한숨을 아니 쉴 수 없다. 나는 아직도 학교에 다닌다. 1년 재수를 하고 서울 시내 4년제 대학을 졸업했지만 여전히 학교에는 나간다. 도서관이 내 직장이다. 돈 쓰는 직장.

돈 버는 직장도 다닌다. 동네 편의점. 낮에는 도서관에서 공부를 하고, 밤에는 편의점에서 근무를 한다. '주경야독'이 아닌 '주독야경' 생활이 서럽고, '취업'이라는 단어에 숨이 멎고, '불합격' 사실에 우울의 늪에 빠지고, 학자금 대출은 반의 반의 반반도 갚지 못했지만 나는 웃는다. 온 힘을 다해 웃으려고 애쓴다. 아침마다 멸치조림과 김치볶음, 계란말이 도시락을 싸 주는 엄마가 있으니까. 멀리서 내게 '날씨가 참 좋아'라고 이야기해 주는 친구가 있으니까. 매일 똑같은 도시락을 같이 먹어 주는 동지, 동구가 있으니까.

준영이의 편지를 다 읽고 도시락 통을 정리하던 동구에게 말했다.

"동구, 오늘 날씨 참 좋다."

동구가 도시락 뚜껑을 덮다 말고 나를 보았다. 하늘을 한 번 쳐다보고, 다시 나를 바라보았다. 소처럼 눈을 끔벅거렸다. 나를 멀뚱히 봤다.

나는 고개를 끄덕였다. 알아. 이게 미쳤나 싶지? 구름은 잔뜩 끼고, 찬바람에 먼지는 풀풀 날리고, 하늘은 희끄무레하고…… 응?

"응."

동구가 고개를 끄덕이며 말했다.

"오늘 날씨 참 좋다."

이반 일반 나란히 행진

2022년 7월 대한민국.

무지개가 서울 광장에 떠올랐다. 그 무지개 너머 소주가 양팔을 벌리고 훌쩍 날아올랐다. 소주 또래의 여성이 소주의 뒷모습을 촬영하고 뒤돌아섰다. 여성의 옆에 있는 여자아이가 하얀 날개가 달린 천사 옷을 입고 물러가라, 물러가라, 하고 소리쳤다. 소주가 여자아이를 향해 하트를 만들며 사랑해요, 하랑이,라고 외쳤다. 하랑이라는 여자아이도 사랑해요, 선생님, 하면서 하트를 그리고, 엄마 손에 이끌려 건너편으로 갔다. 소주는 아이에게 혐오가 아니라 사랑을 가르치는, 좋은 선생님이 되어 있었다.

나는 아주 오랜만에, 10년을 넘기고 또 그 절반의 시간을 넘기고 한국에 왔다.

내 나라로 오는데 이리 긴 시간이 걸릴 줄은 몰랐다. 처음에는 한국이 싫었고, 다음에는 바빴고, 한국에 오기가 조금 두려웠고, 나중에는 언덕의 도시가 내 집이 되었다. 대학에 가고, 공부를 하고, 직장을 구했다. 사랑하고, 이별하고, 재회하고, 더 사랑했다. 몇의 악연을 떠나보내고 몇의 선연이 남았다. 좀더 넓은 아파트를 얻고 브라이언과 함께 살기 시작했다.

애럼과 라저는 딸을 얻었다. 중국에서 딸이 오던 날, 애럼은 아기를 품에 안고 눈물을 흘리고 라저는 눈물과 콧물을 쏟았다. 두 사람은 딸을 위해 더 열심히 일하고 더 많이 배웠다. 그들은 딸 쌤에게 가장 훌륭한 엄마이자 아빠였고, 쌤은 두 사람에게 목숨보다 소중한 자식이었다. 태어날 때부터 심장에 문제가 있던 쌤은 곧 네 번째 심장 수술을 앞두고 있다.

"브라이언, 준영!"

소주가 달려왔다. 우리는 포옹을 했다가 금방 떨어졌다. 날씨가 후텁지근했다. 서로에게 부채질을 해 주면서 잠시 웃다가 다시 껴안았다.

우리는 녹색 팔찌를 매고 부스를 돌며, 무대 위 연설을 듣고 공연을 즐겼다. 서울 광장에는 수만 명의 인파가 모였다. 우리를 지지하는 여러 나라 외교관과 세계적 기업의 부스,

천주교와 불교 부스, 무지개 예수님 부스도 있었다. 열아홉 살 소주와 함께 갔던 퀴어 축제 이야기를 하며, 우리는 오늘의 이 변화에 감격했다. 우리보다 더 많은 반대 인파에도 감사했다.

퍼레이드에 나서려는 찰나 하늘에서 비가 쏟아졌다.

"날씨 한번 좋다."

소주가 말했다.

"뭐가 좋아?"

나는 손바닥으로 비를 가리며 투덜댔다.

"시원하잖아."

"예, 시원하다."

소주와 브라이언이 손바닥을 마주치며 말했다.

"그래, 오늘도 날씨만 좋은걸."

나도 두 사람과 손바닥을 맞부딪치면서 말했다.

"날씨 한번 기막히게 좋네!"

소주가 소리치고는 양손을 내밀었다. 나와 브라이언은 소주의 손을 잡고 발걸음을 뗐다. 이반과 일반이 나란히 행진했다.

〈끝〉